Phoenix, Arizona

Sherman Alexie

PHOENIX, ARIZONA

ET AUTRES NOUVELLES

*Traduit de l'américain
par Michel Lederer*

TERRES D'AMERIQUE

Albin Michel

« **Terres d'Amérique** »

Collection dirigée par Francis Geffard

Titre original :

THE LONE RANGER AND TONTO FISTFIGHT IN HEAVEN

© Sherman Alexie, 1993

Traduction française :

© Éditions Albin Michel S.A., 1999
22, rue Huyghens, 75014 Paris

ISBN : 2-226-10757-6
ISSN : 1272-1085

Pour Bob, Dick, Mark et Ron

Pour Adrian, Joy, Leslie, Simon,
et tous ces écrivains indiens
dont les mots et la musique
ont rendu les miens possibles

« Il y a un peu de magie en tout et des pertes pour compenser. »

LOU REED

« J'écoute les coups de feu qu'on n'entend pas et j'entame ce voyage à la lumière, car je connais les racines de mon amour fou.

JOY HARJO

Tous les petits ouragans

C'était l'hiver, l'océan le plus proche se trouvait à plus de six cents kilomètres de là, le météorologue de la tribu, s'ennuyant à mourir, s'était endormi, et pourtant en 1976 un ouragan s'abattit avec tant de violence sur la réserve des Indiens Spokanes qu'il fit tomber de son lit Victor plongé dans son dernier cauchemar.

On était fin décembre et Victor avait neuf ans. Il dormait dans sa chambre située au sous-sol de la maison construite par le Bureau des Affaires indiennes. En haut, le plus grand réveillon de nouvel an de toute l'histoire de la tribu, organisé par son père et sa mère, battait son plein quand le vent forcit et arracha le premier arbre.

« Nom de Dieu ! hurla un Indien à un autre alors que la dispute éclatait. T'es qu'un tas de merde, espèce de sale Indien blanc ! »

Les deux hommes s'injuriaient à travers la pièce. L'un était grand et lourd, l'autre petit et musclé. Fronts de hautes et basses pressions.

La musique était si forte que Victor distinguait à peine les voix tandis que la querelle entre les deux hommes dégénérait en pugilat. Il n'entendit bientôt plus que des bruits gutturaux qui auraient pu tout aussi bien être des jurons que des craquements de bois qu'on casse. La

11

musique s'arrêta si soudainement que le silence effraya Victor.

« Bordel ! qu'est-ce qui se passe ? s'écria le père de Victor dont la voix puissante ébranla les murs de la maison.

— Adolph et Arnold recommencent à se taper dessus », répondit la mère de Victor.

Adolph et Arnold étaient ses frères, les oncles de Victor donc. Ils passaient leur temps à se bagarrer. Depuis qu'ils étaient tout petits.

« Dis-leur de foutre le camp de chez moi, hurla le père de Victor d'une voix dont la puissance augmenta de quelques décibels pour se mettre au diapason de la tension qui régnait.

— C'est déjà fait, répondit la mère de Victor. Ils se battent dans le jardin. »

A ces paroles, Victor se précipita à la fenêtre. Ses oncles se cognaient dessus de si grand cœur qu'ils devaient s'aimer profondément. En effet, des étrangers ne chercheraient jamais à se faire mal à ce point. Tout se déroulait dans un silence insolite, comme si on regardait une émission de télévision sans le son. Victor perçut les bruits de pas des invités qui, au-dessus de sa tête, se dirigeaient à leur tour vers les fenêtres ou bien s'avançaient sur la véranda pour assister au combat.

Victor avait vu des images d'autres ouragans où des cinglés s'attachaient à des arbres sur la plage. Ils voulaient être aux premières loges pour sentir la force de l'ouragan, vivre cela comme une aventure, mais les cordes trop minces s'étaient rompues, et les gens s'étaient rompu les os. Il arrivait parfois que les arbres eux-mêmes soient arrachés et emportés avec les personnes ficelées dessus.

Planté devant la fenêtre à regarder ses oncles couverts de sang qui commençaient à se fatiguer, Victor tira sur les cordons de son pantalon de pyjama, puis il serra les poings et pressa son visage contre le carreau.

« Ils vont s'entretuer », s'écria quelqu'un à l'étage au-dessus.

Personne ne le contredit et personne n'intervint. Des témoins. Des témoins et rien de plus. Pendant des centaines d'années, les Indiens avaient été les témoins de crimes d'une dimension épique. Les oncles de Victor étaient engagés dans une affaire de détail qui demeurerait telle, même s'il y avait mort d'homme. Un Indien qui en tue un autre, cela ne soulevait pas de tempête particulière. Ce genre de petit ouragan était générique. Il ne méritait même pas de porter un nom.

Adolph prenait cependant le dessus sur Arnold et s'efforçait de l'étouffer dans la neige. Victor vit son oncle maintenir son autre oncle au sol, vit l'expression de haine et d'amour sur le visage de son oncle, vit les bras de son autre oncle s'agiter vainement sous l'emprise de la terreur.

Et puis ce fut terminé.

Adolph lâcha Arnold, l'aida même à se relever, puis, debout face à face, les deux hommes se remirent à proférer des paroles inintelligibles et inintelligentes. Le volume sonore s'accrut à mesure que se joignaient les voix des invités. Victor s'imaginait presque sentir l'odeur de sueur, de bourbon et de sang.

Chacun évaluait les dégâts, considérait les différentes possibilités. Le combat allait-il reprendre ? Allait-il diminuer d'intensité jusqu'à ce que les deux frères s'installent chacun dans un coin, épuisés et honteux ? Les médecins du dispensaire indien parviendraient-ils à rafistoler les nez cassés et les chevilles foulées ?

Il y avait aussi d'autres souffrances. Victor le savait. Planté à sa fenêtre, il se tâta. Il avait les jambes et le dos douloureux après une journée passée à faire de la luge,

13

sa tête lui faisait un petit peu mal à l'endroit où il s'était cogné contre une porte quelques jours plus tôt. Une molaire cariée l'élançait. Son cœur battait dans sa poitrine rendue douloureuse par l'absence.

Victor avait vu aux informations des images de villes après le passage des ouragans. Les maisons étaient aplaties et leur contenu éparpillé dans toutes les directions. Des souvenirs non pas détruits, mais à jamais changés et endommagés. Qu'est-ce qui était le plus grave ? Les souvenirs de ses ouragans personnels seraient-ils meilleurs s'il pouvait les changer ? Ou vaudrait-il mieux tout oublier ? Il avait vu un jour la photo d'une voiture qu'un ouragan avait emportée sur huit kilomètres avant qu'elle s'écrase sur une maison. Il se rappelait tout de la même façon.

Une veille de Noël alors que Victor était âgé de cinq ans, son père avait pleuré parce qu'il n'avait pas d'argent pour les cadeaux. Certes, il y avait un arbre décoré, quelques ampoules achetées au Comptoir, une guirlande lumineuse et des photos des membres de la famille percées d'un trou et accrochées aux minuscules branches par du fil dentaire. Mais pas de cadeaux. Pas le moindre.

« Mais on est tous réunis et on s'aime », avait dit la mère de Victor tout en sachant qu'il ne s'agissait que d'une réplique sans âme tirée des vieux films de Noël qu'ils avaient vus à la télévision. Ce n'était pas réel. Victor avait regardé son père sangloter et verser de grosses larmes. Des larmes d'Indien.

Victor imaginait que les larmes de son père auraient pu geler pendant les rudes hivers de la réserve et se briser en heurtant le sol. Projeter des millions de couteaux

14

de glace dans l'air, tous différents et plus beaux les uns que les autres. Tous dangereux et lancés au hasard.

Victor imaginait qu'il plaçait une boîte vide sous les yeux de son père et recueillait ses larmes jusqu'à ce qu'elle soit pleine. Après quoi, il l'aurait enveloppée dans la page des bandes dessinées du journal du dimanche pour l'offrir à sa mère.

La semaine précédente, Victor, à moitié dissimulé dans l'ombre à côté de la porte, avait vu son père sortir de sa chambre, ouvrir son portefeuille et secouer la tête. Vide. Il avait vu son père remettre le portefeuille vide dans sa poche, le ressortir quelques instants plus tard, puis l'ouvrir de nouveau. Toujours vide. Il avait vu son père renouveler ce cérémonial à plusieurs reprises, comme si le fait de le répéter ainsi garantissait le changement. Mais le portefeuille demeurait obstinément vide.

Durant ces petits orages, la mère de Victor intervenait avec sa magie. Elle tirait des bouffées d'air des placards vides et en faisait du pain frit. Elle secouait de vieux foulards pour les métamorphoser en épaisses couvertures. Elle peignait les nattes de Victor en rêves.

Et dans ces rêves-là, Victor et ses parents, attablés au restaurant *Mother's Kitchen* à Spokane, attendaient la fin de l'orage. Pluie et éclairs. Chômage et pauvreté. Rations alimentaires. Crues subites.

« De la soupe, disait à chaque fois le père de Victor. Je veux un bol de soupe. »

Il faisait toujours bon au *Mother's Kitchen* dans ces rêves-là. Il y avait toujours une belle chanson qui passait au juke-box, une chanson que Victor ne connaissait pas vraiment, mais qu'il savait être belle. Et il savait aussi qu'elle datait du temps de la jeunesse de ses parents. Dans ces rêves-là, tout était beau.

Parfois, pourtant, le rêve se muait en cauchemar et le

Mother's Kitchen n'avait plus de soupe, le juke-box ne passait que de la musique country et le toit fuyait. La pluie tombait en tambourinant dans les seaux, les casseroles et les poêles disposés tout autour pour limiter les dégâts. Dans ces cauchemars-là, Victor restait assis sur sa chaise cependant que la pluie tombait goutte à goutte sur sa tête.

Dans ces cauchemars-là, Victor sentait son estomac tiraillé par la faim. De fait, il sentait tout l'intérieur de son corps osciller, se déformer, puis s'effondrer sur lui-même. La pesanteur. Rien à dîner. Juste dormir. Grand vent et baromètre qui s'affole.

Dans d'autres cauchemars, dans sa réalité quotidienne, Victor regardait son père boire de la vodka, l'estomac vide. Il entendait le poison couler puis attaquer la chair et le sang, les nerfs et les veines. C'était peut-être comme la foudre qui coupait un vieil arbre en deux. C'était peut-être comme un mur d'eau, un tsunami de la réserve, qui s'écrasait sur une petite plage. C'était peut-être comme Hiroshima ou Nagasaki. C'était peut-être comme tout cela à la fois. Peut-être. Mais après avoir bu, le père de Victor prenait une profonde inspiration et fermait les yeux, s'étirait, redressait la tête et le dos. Tandis qu'il buvait ainsi, il ne ressemblait plus à un point d'interrogation mais plutôt à un point d'exclamation.

Certains aimaient la pluie. Victor, lui, la détestait. La détestait vraiment. L'humidité. Les nuages bas et les mensonges. Les météorologues. Quand il pleuvait, Victor présentait ses excuses à tous ceux qu'il croisait.

« Pardon pour le temps », disait-il.

Un jour, ses cousins l'obligèrent à monter dans un grand arbre au cours d'un orage. Le tronc était glissant et n'offrait pratiquement aucune prise. Victor grimpa cependant. Les branches détournaient presque toute la pluie, mais il y avait comme des couloirs par où se déversaient des trombes d'eau et, sous le coup de la surprise, Victor était à deux doigts de tomber. La pluie soudaine pareille à des promesses, pareille à des traités. Victor tint bon.

Il y avait tant de choses qu'il craignait, tant de choses que son imagination fertile créait. Des années durant, il eut peur d'être noyé quand il pleuvait, de sorte que même quand il se débattait dans le lac et ouvrait la bouche pour crier, il sentait le goût de l'eau qui coulait du ciel. Il lui arrivait d'être persuadé qu'il allait tomber du haut du toboggan ou de la balançoire et qu'un tourbillon allait s'ouvrir sous lui pour l'engloutir et le noyer au centre de la terre.

Et, naturellement, Victor rêvait de bourbon, de vodka et de tequila, ces liquides qui l'avalaient avec autant de facilité que lui-même les avalait. Il avait cinq ans quand un vieil Indien s'était noyé dans une flaque de boue au cours d'un pow-wow. Tombé ivre mort, la figure dans les quelques centimètres d'eau qui s'étaient accumulés dans une ornière. A cinq ans, Victor comprenait déjà ce que cela signifiait et à quel point cela illustrait tout. Les fronts chauds et froids. Les hautes et les basses pressions. Les courants ascendants et descendants. Les tragédies.

Lorsque l'ouragan frappa la réserve en 1976, Victor était là pour enregistrer. Si les caméras vidéo avaient été disponibles à l'époque, il l'aurait filmé, mais sa mémoire était beaucoup plus fiable.

Ses oncles Arnold et Adolph cessèrent le combat et rejoignirent la maison et les invités du réveillon bras dessus bras dessous, se pardonnant mutuellement. Mais la

tempête qui avait déclenché leur colère n'était pas cal-
mée. Elle se propagea d'un Indien à l'autre et laissa à
chacun un souvenir, un souvenir douloureux.

Le père de Victor se rappela le jour où l'on avait craché sur son propre père pendant qu'ils attendaient l'au-
tobus à Spokane.

La mère de Victor se rappela comment le médecin du
dispensaire indien l'avait stérilisée juste après la naissance de Victor.

Adolph et Arnold se rappelèrent les bagarres précé-
dentes, les tempêtes qui hantaient sans cesse leurs vies.
Quand les enfants grandissent dans la pauvreté, un lien
se forge, plus fort que tout. C'est ce même lien qui cause
tant de souffrances. Adolph et Arnold évoquèrent leur
enfance, la manière dont ils cachaient des crackers dans
la chambre qu'ils partageaient afin d'avoir quelque
chose à manger.

« T'as caché les crackers ? » avait si souvent demandé
Adolph à son frère qu'il murmurait encore cette question dans son sommeil.

D'autres Indiens invités à la fête se rappelèrent leurs
propres souffrances. Et celles-ci augmentèrent, s'étendi-
rent. Une femme se mit en colère lorsqu'elle effleura
par accident la peau de quelqu'un d'autre. Les prévi-
sions n'étaient pas bonnes. Les Indiens continuaient à
boire, de plus en plus, comme pour se préparer. Cinquante pour cent de risques de pluies torrentielles, de
blizzard, de secousses sismiques. Pourcentage qui monte
à soixante, puis à soixante-dix, à quatre-vingts.

Victor avait regagné son lit. Allongé sur le dos, immobile, il regardait le plafond s'affaisser sous chaque pas,
sous le poids des souffrances de chaque Indien, jusqu'à
ne plus se trouver qu'à quelques centimètres de son nez.
Il avait envie de crier, de croire qu'il ne s'agissait que

d'un cauchemar ou d'un jeu inventé par ses parents pour l'aider à s'endormir.

En haut, les voix devenaient de plus en plus fortes, prenaient forme et emplissaient l'espace jusqu'à ce que la chambre de Victor et la maison tout entière soient dévorées par les bruits de la fête. Jusqu'à ce que Victor se glisse hors de son lit pour aller trouver ses parents.

« Ya-hé, petit neveu, dit Adolph à Victor qui se tenait seul dans un coin.

— Bonjour, mon oncle », dit Victor.

Il embrassa Adolph et réprima un haut-le-cœur devant son odeur. Alcool et transpiration. Cigarettes et échecs.

« Où est mon papa ? reprit-il.

— Par là », répondit Adolph en désignant vaguement la cuisine.

La maison n'était pas très grande, mais il y avait tellement de monde et tellement d'émotions qui comblaient les espaces entre les gens que le petit Victor avait l'impression d'errer dans un labyrinthe. Où qu'il se tournât, il n'y aurait ni son père ni sa mère.

« Où ils sont ? demanda-t-il à sa tante Nezzy.

— Qui ?

— Papa et maman », répondit Victor.

Nezzy lui indiqua la chambre à coucher.

Maudissant ses larmes, Victor se fraya un passage au milieu de la foule. Il ne maudissait pas la peur et la souffrance qui les provoquaient. A cela, il s'attendait. Ce qu'il maudissait, c'était la manière dont elles coulaient sur ses joues et son menton cependant qu'elles inondaient son visage. Victor pleura jusqu'à ce qu'il trouve ses parents, seuls, écroulés sur leur lit dans la chambre de derrière.

Il grimpa sur le lit et se coucha entre eux. Sa mère et son père ronflaient tant dans leur sommeil d'ivrognes qu'on aurait cru qu'ils allaient s'étouffer. Ils étaient en sueur alors qu'il faisait froid dans la pièce, et Victor espéra que l'alcool qui suintait par leur peau parviendrait à le soûler, l'aiderait à s'endormir. Il embrassa le cou de sa mère, sentit un goût de sel et de bourbon. Il embrassa l'avant-bras de son père, sentit un goût de bière et de cigarettes bon marché.

Il ferma très fort les yeux. Il dit ses prières au cas où ses parents se seraient trompés au sujet de Dieu pendant toutes ces années. Des heures durant, il tendit l'oreille pour écouter les petits ouragans qui naissaient du grand ouragan qui ravageait la réserve.

Au cours de cette nuit-là, sa tante Nezzy se cassa le bras après qu'une Indienne non identifiée l'eut poussée du haut des marches. Eugene Boyd défonça une porte en jouant au basket à l'intérieur de la maison. Lester FallsApart s'effondra ivre mort sur la cuisinière et quelqu'un alluma le gaz sous lui. James Nombreux Chevaux, assis dans un coin, raconta tant de mauvaises blagues que trois ou quatre Indiens le jetèrent dehors dans la neige.

« Comment tu fais pour amener cent Indiens à crier *Merde !* tous à la fois ? demanda James Nombreux Chevaux assis dans une congère sur la pelouse de devant.

— Eh bien, tu annonces le résultat du bingo », se répondit-il à lui-même comme personne ne se préoccupait de le faire.

James ne resta pas longtemps seul dans la neige. Seymour et Lester vinrent bientôt le rejoindre. Seymour flanqué dehors parce qu'il n'arrêtait pas de flirter avec toutes les femmes. Lester pour calmer ses brûlures. L'ensemble des invités ne tarda pas à se retrouver sur la pelouse, à danser dans la neige, à baiser dans la neige, à se battre dans la neige.

Victor était couché entre ses parents, ses parents alcooliques qui dormaient d'un sommeil sans rêves. Victor se lécha l'index et le brandit. Pour vérifier la force du vent. Sa direction. L'approche du sommeil. Les gens dehors paraissaient si lointains, si bizarres, si imaginaires. L'émotion reculait, la tension semblait décroître. Victor posa une main sur le ventre de sa mère et l'autre sur celui de son père. Il y avait assez de faim dans les deux, assez de mouvement, assez d'histoire et de géographie, assez de tout pour détruire la réserve et ne laisser que des débris de toutes sortes ainsi que des meubles brisés.

C'était fini. Victor ferma les yeux et s'endormit. C'était fini. L'ouragan qui s'abattit en 1976 disparut avant le lever du jour et tous les Indiens, les éternels survivants, se rassemblèrent pour compter leurs pertes.

Une drogue nommée tradition

« Bon dieu ! Thomas ! s'écria Junior. Pourquoi ton putain de frigo est tout le temps vide ? »

Thomas s'approcha du réfrigérateur, constata qu'il était effectivement vide, puis s'assit à l'intérieur.

« Voilà, dit-il. Il n'est plus vide. »

Tous les invités massés dans la cuisine se bidonnèrent. A une exception près, c'était la fête la plus importante de toute l'histoire de la réserve. Cela se passait chez Thomas Builds-the-Fire. Il recevait parce que c'était lui qui avait acheté la bière. Et s'il avait acheté la bière, c'était parce qu'il venait de toucher un tas d'argent de la Compagnie d'énergie hydraulique de l'Etat de Washington. Et s'il venait de toucher un tas d'argent de la Compagnie d'énergie hydraulique de l'Etat de Washington, c'était parce que celle-ci avait dû payer pour obtenir l'autorisation d'installer dix poteaux électriques sur un terrain dont Thomas avait hérité.

Quand les Indiens encaissaient ainsi des fortunes de la part de grosses sociétés, on entendait tous les ancêtres rire dans les arbres. Mais on ne savait jamais s'ils riaient des Indiens ou des Blancs. De fait, je crois qu'ils rient d'à peu près tout le monde.

23

« Hé ! Victor, me dit Junior. Il paraît que t'as des champignons magiques.

— Non, non, répondis-je. Rien que des champignons normaux. Je ferai une salade plus tard. »

En réalité, j'avais une nouvelle drogue et j'avais prévu d'inviter Junior à l'essayer. Et peut-être deux princesses indiennes aussi. A condition qu'elles soient de sang pur. Bon, disons qu'à moitié spokanes, ça irait encore.

« Allez, d'accord, murmurai-je à Junior afin de ne pas ébruiter la chose. J'en ai de la bonne, un truc tout nouveau, mais juste assez pour toi et moi, et peut-être deux autres. Garde ça sous ta coiffe de guerre.

— Super, dit Junior. J'ai ma nouvelle bagnole. Allons-y. »

On laissa tomber la fête, bien décidés à profiter de la nouvelle drogue, et on s'engouffra dans la Camaro de Junior. Le moteur était nase, mais la carrosserie en bon état. Dans l'ensemble, elle avait quand même l'air plutôt minable. On se gara devant le Comptoir et on s'efforça de ressembler à des guerriers montés sur des chevaux-vapeur. Rouler, c'était une autre affaire. La voiture rotait et pétait comme un vieillard, et ça, c'était pas super du tout.

« Où tu veux aller ? me demanda Junior.

— Au lac Benjamin », répondis-je.

On démarra dans un nuage d'huile et de gaz d'échappement, et un peu plus loin sur la route on vit Thomas Builds-the-Fire qui se tenait sur le bas-côté. Junior s'arrêta et je me penchai par la vitre.

« Hé ! Thomas, tu devrais pas être à ta soirée ?

— Vous savez très bien que c'est pas ma soirée. Je me suis contenté de payer. »

On éclata de rire. J'interrogeai Junior du regard. Il hocha la tête.

« Allez, grimpe, dis-je alors à Thomas. On va au lac

Benjamin essayer la nouvelle drogue que je me suis procurée. Ça va être vachement indien. Le grand truc spirituel, tu vois ? »

Thomas s'installa à l'arrière et il s'apprêtait à se lancer dans une de ses histoires à la con quand je l'arrêtai :

« Ecoute-moi bien, tu viens avec nous que si tu ne racontes pas d'histoires avant d'avoir pris la drogue. »

Thomas réfléchit un instant, puis il fit signe qu'il était d'accord et on repartit. Il semblait si content d'être avec nous que je lui donnai de mon nouveau truc.

« Tiens, prends ça, dis-je. Maintenant, c'est moi qui régale. »

Thomas s'exécuta et sourit.

« Dis-nous ce que tu vois, Mr. Builds-the-Fire », lui demanda Junior.

Thomas promena son regard autour de lui. Putain ! il regardait notre monde, et puis il passa la tête par un trou dans le mur qui donnait sur un autre monde. Un monde meilleur.

« Victor, dit-il, je te vois. Mon Dieu que tu es beau. Tu as des nattes et tu voles un cheval. Attends, non. C'est pas un cheval, c'est une vache. »

Junior faillit avoir un accident tellement il se gondolait.

« Enfin merde, pourquoi je volerais une vache ? demandai-je.

— Je me foutais de ta gueule, répondit Thomas. En réalité, tu voles bien un cheval et tu chevauches au clair de lune. Van Gogh aurait dû peindre ça, Victor. Il aurait dû te peindre. »

La nuit était froide, très froide. J'avais rampé pendant des heures parmi les broussailles pour que les Autres ne m'entendent pas. Je voulais un de leurs mustangs. J'avais besoin d'un de leurs mustangs. J'avais besoin d'être un héros et de gagner mon nom.

Je suis assez près de leur campement pour entendre les voix, pour entendre un vieil homme sucer les derniers lambeaux de viande sur un os. Je vois le mustang que je veux. Il est noir, il mesure vingt paumes. Je le sens frémir parce qu'il sait que je suis venu le chercher au cœur de cette nuit glaciale.

Je rampe plus vite à présent, en direction du corral, je passe entre les jambes d'un garçon qui dort debout. Il est censé monter la garde pour protéger le campement d'hommes comme moi. J'effleure sa jambe nue et, s'imaginant que c'est un moustique, il se donne une petite tape. Si je me redressais et que je l'embrasse sur la bouche, il croirait qu'il rêve de la fille qui lui a souri un peu plus tôt dans la journée.

Quand enfin j'arrive à côté du beau mustang noir, je me relève et lui caresse les naseaux, la crinière.

Je suis venu te chercher, lui dis-je, et il se frotte contre moi, car il sait que c'est vrai. Je l'enfourche et traverse le camp en silence. Je passe devant un aveugle qui sent notre présence et croit que nous ne sommes qu'un souvenir agréable. Quand il apprendra le lendemain qui nous étions en réalité, il en demeurera hanté pour le restant de sa vie.

Je chevauche mon cheval dans la plaine, dans le clair de lune qui fait de toute chose une ombre.

Comment tu t'appelles ? je demande au mustang. Il se dresse sur les jambes arrière. Il inspire profondément et s'élève au-dessus du sol.

Envol, me dit-il. *Je m'appelle Envol.*

« Voilà ce que je vois, dit Thomas. Je te vois sur ce cheval. »

Junior regarda Thomas dans le rétroviseur, puis il me regarda, puis il regarda la route devant lui.

« Victor, dit-il. Donne-moi un peu de ce truc.

— Mais tu conduis !

— Ça ne pourra pas être pire », répliqua-t-il, et je ne pus qu'être d'accord avec lui.

« Dis-nous ce que tu vois, lui demanda ensuite Thomas en se penchant en avant.

— Pour le moment rien, répondit Junior.

— Je suis toujours sur ce cheval ? demandai-je à Thomas.

— Ouais, ouais. »

On arriva à l'embranchement vers le lac Benjamin et Junior le prit en faisant hurler les pneus. Encore un jeune Indien engagé dans un jeu dangereux.

« Oh ! merde ! s'écria-t-il. Je vois Thomas danser.

— Je ne danse pas, affirma celui-ci.

— Tu danses et tu ne portes rien. Tu danses tout nu autour d'un feu.

— Non, c'est faux.

— Tu parles que c'est faux. Je te vois, tu es grand, brun et énorme, mon cousin. »

Ils ont tous disparu, ma tribu a disparu. Les couvertures qu'ils nous ont données, infectées de variole, nous ont tués. Je suis le dernier, le tout dernier, et je suis malade moi aussi. Si malade. Brûlant. Brûlant de fièvre.

Il faut que j'enlève mes vêtements, que je sente l'air frais, que j'asperge d'eau ma peau nue. Et que je danse. Je vais danser la danse des Esprits. Je vais les faire revenir. Vous entendez les tambours ? Moi, je les entends, et c'est mon grand-père et ma grand-mère qui chantent. Vous les entendez ?

Je fais un pas de danse et ma sœur se lève des cendres.

27

Je fais un autre pas et un bison tombe du ciel qui s'écrase sur une cabane en rondins au Nebraska. A chaque pas, un Indien se lève. A chaque autre pas un bison tombe.

Et je grandis aussi. Mes pustules se cicatrisent, mes muscles s'étirent, grossissent. Ma tribu danse derrière moi. Au début, ses membres ne sont pas plus grands que des enfants. Puis ils grandissent à leur tour, deviennent plus grands que moi, plus grands que les arbres qui nous entourent. Les bisons se joignent à nous et leurs sabots font trembler le sol, font tomber tous les Blancs de leur lit, font s'écraser leur vaisselle par terre.

Nous dansons en cercles de plus en plus larges et nous arrivons sur la plage où nous regardons tous les bateaux repartir pour l'Europe. Les mains blanches s'agitent pour dire au revoir et nous continuons à danser, à danser jusqu'à ce que les bateaux disparaissent à l'horizon, jusqu'à ce que nous soyons si grands et forts que le soleil en devient presque jaloux. *Voilà comment nous dansons.*

« Junior ! m'écriai-je. Ralentis ! ralentis ! »

Junior faisait tournoyer la voiture qui dessinait des *donuts* dans les champs déserts, frôlant dangereusement les clôtures et les arbres solitaires.

« Thomas ! hurla Junior. Tu danses, tu danses très fort. »

Je me penchai et écrasai le frein. Junior bondit hors de la Camaro et fila à travers champs. Je coupai le moteur et m'élançai derrière lui. On avait parcouru environ un mile sur la route du lac Benjamin quand Thomas nous rattrapa au volant de la voiture.

« Arrête ! » criai-je.

Thomas obtempéra et je lui demandai :

« Où tu vas ?

— Je vous poursuivais, ton cheval et toi, mon cousin.
— Putain ! ce truc est drôlement fort », dis-je, et j'en pris un peu.

Aussitôt, je vis et entendis Junior chanter. Il était sur scène, vêtu d'une chemise à rubans et d'un jean. Il chantait. Avec une guitare.

Les Indiens font les meilleurs cow-boys. Je vous assure. Je chante à la Plantation depuis l'âge de dix ans et j'ai toujours attiré les foules. Tous les Blancs viennent écouter mes chansons, mes petits morceaux de sagesse indienne, même s'ils doivent s'asseoir au fond de la salle parce que ce sont les Indiens qui occupent les meilleures places à mes spectacles. Ce n'est pas du racisme. Simplement, les Indiens campent dehors toute la nuit pour acheter les billets. Le président des Etats-Unis, Mr. Edgar Crazy Horse en personne, est venu une fois m'entendre. J'ai interprété une chanson écrite pour son arrière-grand-père, le célèbre guerrier lakota qui nous a aidés à gagner la guerre contre les Blancs :

> *Crazy Horse, qu'as-tu fait ?*
> *Crazy Horse, qu'as-tu fait ?*
> *Il a fallu quatre cents ans*
> *et quatre cent mille fusils*
> *mais les Indiens ont fini par gagner.*
> *Ya-hé, les Indiens ont fini par gagner.*
>
> *Crazy Horse, chantes-tu encore ?*
> *Crazy Horse, chantes-tu encore ?*
> *J'honore tes vieux chants*
> *et tout ce qu'ils apportent encore*
> *parce que les Indiens gagnent encore.*
> *Ya-hé, les Indiens gagnent encore.*

Croyez-moi, je suis le meilleur guitariste qui ait jamais existé. Je peux faire sonner ma guitare comme un tambour. Et surtout, je peux faire sonner n'importe quel tambour comme une guitare. Je peux prendre un cheveu des nattes d'une Indienne et le faire sonner comme une promesse tenue. *Comme mille promesses tenues.*

« Junior, où t'as appris à chanter ? demandai-je.

— Je sais pas chanter », répondit-il.

On arriva au lac Benjamin et on descendit au bord. Thomas s'assit sur le ponton, les pieds dans l'eau, et se mit à rire doucement. Junior s'assit sur le capot de sa voiture. Et moi, je dansai autour d'eux.

Au bout d'un moment, fatigué, j'allai m'installer sur le capot à côté de Junior. Les effets de la drogue commençaient à se dissiper. Dans ma vision de Junior, je ne voyais plus que la guitare. Il prit une boîte de Pepsi Light qu'il me passa tandis qu'on regardait Thomas parler tout seul.

« Il se raconte des histoires, dit Junior.

— De toute façon, y a personne pour l'écouter, dis-je.

— Pourquoi il est comme ça ? demanda Junior. Pourquoi il parle toujours de trucs bizarres ? Merde ! il a même pas besoin de drogue.

— Il paraît qu'on l'a laissé tomber sur la tête quand il était petit. Certains pensent qu'il est magique.

— Et toi, qu'est-ce que tu penses ?

— Je pense qu'on l'a laissé tomber sur la tête et je pense qu'il est magique. »

On éclata de rire. Thomas se tourna vers nous, se détourna de ses histoires, nous sourit.

« Hé ! fit-il. Vous voulez que je vous raconte une histoire ? »

Junior et moi on échangea un regard, puis on jeta un coup d'œil à Thomas. Après tout, pourquoi pas ? Thomas ferma les yeux et commença.

C'est le présent. Trois jeunes Indiens boivent du Pepsi Light et parlent et parlent au bord du lac Benjamin. Ils n'ont que des pagnes et des nattes. Bien qu'on soit au vingtième siècle et que des avions passent au-dessus de leurs têtes, les jeunes Indiens ont décidé d'être de vrais Indiens ce soir.

Ils veulent avoir leurs visions, recevoir leurs vrais noms, leurs noms d'adultes. C'est tout le problème chez les Indiens aujourd'hui. Ils conservent le même nom leur vie entière. Les Indiens portent leurs noms comme une paire de vieilles chaussures.

Ils décident donc de faire un feu et d'en respirer la fumée douce. Ils n'ont pas mangé depuis des jours et savent que les visions vont bientôt venir. Peut-être surgiront-elles dans les flammes ou le bois. Peut-être la fumée parlera-t-elle en spokane ou en anglais. Peut-être les braises et les cendres se lèveront-elles.

Les jeunes Indiens sont assis près du feu et respirent la fumée. Les visions arrivent. Ils sont tous transportés dans le passé, à l'époque où aucun d'eux n'avait encore bu la moindre goutte d'alcool.

Le petit Thomas met à la poubelle la bière qu'on lui offre. Le petit Junior jette son bourbon par la fenêtre. Le petit Victor verse sa vodka dans l'évier.

Puis les garçons chantent. Ils chantent, dansent et jouent du tambour. Ils volent des chevaux. Je les vois. *Ils volent des chevaux.*

« Tu crois quand même pas à ces conneries ? demandai-je à Thomas.

— J'ai pas besoin de croire quoi que ce soit. Ça existe, c'est tout. »

Thomas se leva et s'éloigna. Pendant quelques années, il n'essaiera même plus de nous raconter une de ses histoires. On n'avait jamais été très gentils avec lui, même quand on était plus jeunes, mais lui l'avait toujours été avec nous. Quand il cessa de me regarder, je me sentis blessé. Comment expliquer ça ?

Avant de partir, il se tourna vers nous et cria quelque chose que je ne compris pas. Junior jura qu'il nous disait de ne pas danser le slow avec nos squelettes.

« Qu'est-ce que ça veut dire ? demandai-je.

— Je sais pas », répondit Junior.

Il y a des choses que vous devez apprendre. Votre passé est un squelette qui marche un pas derrière vous, et votre avenir un squelette qui marche un pas devant vous. Peut-être que vous n'avez pas de montre, mais vos squelettes, eux, en ont, et ils savent tout le temps l'heure. Ces squelettes sont faits de souvenirs, de rêves et de voix. Et ils peuvent vous emprisonner dans l'entre-deux, entre le passé et l'avenir. Mais ils ne sont pas nécessairement mauvais, sauf si vous les poussez à l'être.

Ce que vous devez faire, c'est continuer, continuer à marcher au même pas que vos squelettes. Ils ne vous quitteront jamais, donc vous n'avez pas à vous inquiéter à ce sujet. Votre passé ne se laissera pas distancer et votre avenir ne vous précédera pas trop. Parfois, cependant, vos squelettes vous parleront, vous conseilleront de vous asseoir pour vous reposer, pour souffler un peu. Peut-être qu'ils vous feront des promesses, qu'ils vous diront ce que vous avez envie d'entendre.

Parfois, vos squelettes revêtiront les atours de belles Indiennes et vous demanderont de danser le slow. Parfois, vos squelettes prendront l'apparence de votre meilleur ami et vous offriront un verre, un dernier pour la route. Parfois, vos squelettes ressembleront trait pour trait à vos parents et vous feront des cadeaux.

Mais quoi qu'ils fassent, continuez, continuez à marcher. Et ne portez pas de montre. Les Indiens n'ont jamais besoin de montre, parce que leurs squelettes leur donneront tout le temps l'heure. Voyez-vous, c'est toujours le présent. C'est ça l'heure indienne. Le passé, l'avenir, tout est englobé dans le présent. C'est comme ça. *Nous sommes prisonniers du présent.*

Junior et moi, on demeura assis au bord du lac Benjamin jusqu'à l'aube. On entendit de temps en temps des voix, on aperçut des lumières dans les arbres. Après avoir vu ma grand-mère marcher sur l'eau pour venir vers moi, je jetai le reste de ma nouvelle drogue et allai me cacher sur la banquette arrière de la Camaro de Junior.

Plus tard dans la journée, tandis qu'on était garés devant le Comptoir en train de bavarder, de rire et de raconter des histoires, Big Mamma s'approcha de la voiture. Big Mamma était le chef spirituel de la tribu des Spokanes. Elle a beaucoup de pouvoir et je pense souvent que c'est peut-être elle qui a créé la terre.

« Je sais ce que vous avez vu, dit-elle.

— On n'a rien vu », affirmai-je, mais on savait tous que je mentais.

Big Mamma me sourit, secoua un peu la tête, puis elle me tendit un petit tambour. Il avait l'air d'avoir cent ans, peut-être davantage. Il était si petit qu'il tenait dans le creux de ma main.

« Garde-le, dit-elle. Au cas où.

— Au cas où quoi ? demandai-je.

— C'est pour m'appeler. Tu tapes une fois dessus et j'accours », dit-elle avant de s'éloigner en riant.

Je ne m'en suis jamais servi. Big Mamma est morte il y a deux ans, et je ne suis pas sûr qu'elle viendrait, même si ce truc marchait. Malgré tout, je l'ai toujours près de moi, au cas où, comme a dit Big Mamma. C'est peut-être la seule religion que j'aie, un tambour qui tient dans la main, mais je crois que si j'en jouais un peu, il remplirait le monde entier.

Parce que mon père disait toujours qu'il était le seul Indien à avoir vu Jimi Hendrix jouer « La Bannière étoilée » à Woodstock

Dans les années soixante, mon père était le hippie parfait, puisque tous les hippies voulaient être indiens. Aussi, comment aurait-on pu deviner qu'il s'efforçait en réalité de démontrer quelque chose sur le plan social ?

Il existe néanmoins une preuve, une photo de mon père manifestant à Spokane, Etat de Washington, pendant la guerre du Viêt-nam. La photo a été transmise aux agences de presse et reproduite dans presque tous les journaux du pays. Elle a même fait la couverture du magazine *Time*.

Dessus, mon père porte un pantalon pattes d'éléphant et une chemise à fleurs, des nattes, et sur sa figure s'étalent comme autant de peintures de guerre des symboles de paix rouges. Il brandit un fusil capturé un instant avant qu'il entreprenne de cogner sur un soldat de la garde nationale étendu au sol. Un autre manifestant tient une pancarte qu'on distingue à peine au-dessus de l'épaule gauche de mon père. On lit cependant : FAITES L'AMOUR, PAS LA GUERRE.

Le photographe reçut le prix Pulitzer, et les rédacteurs en chef des journaux s'amusèrent beaucoup à concocter légendes et manchettes. J'en ai lu un grand nombre, rassemblées dans l'album de coupures de presse de mon père, et ma préférée est celle du *Seattle Times*. Sous la photo est écrit : UN MANIFESTANT FAIT LA GUERRE A LA PAIX. On avait exploité l'identité indienne de mon père pour trouver des titres du style : UN GUERRIER CONTRE LA GUERRE ou UN RASSEMBLEMENT PACIFISTE VIRE AU SOULEVEMENT INDIEN.

Quoi qu'il en soit, mon père fut arrêté, inculpé de tentative d'assassinat, chef d'accusation ramené par la suite à coup assené à l'aide d'un instrument contondant. Comme il s'agissait d'une affaire retentissante, on fit de mon père un exemple. Jugé et reconnu coupable, il passa deux ans au pénitencier d'Etat de Walla Walla. Bien que tenu à l'écart de la guerre par sa condamnation, il dut mener derrière les barreaux un combat d'un autre genre.

« Il y avait des gangs indiens, des gangs blancs, des gangs noirs et des gangs mexicains, me dit-il une fois. Et il y avait un meurtre par jour. On entendait dire qu'un type s'était fait buter dans les douches ou je ne sais où, et le bruit se répandait. On ne prononçait qu'un seul mot. En fonction de la couleur de la peau. Rouge, blanc, noir ou brun. Puis on l'inscrivait à la craie sur le tableau qu'on tenait mentalement et on attendait les prochaines informations. »

Mon père s'en tira. Il n'eut pas trop d'ennuis, réussit à éviter de se faire violer et sortit de prison juste à temps pour se rendre en stop à Woodstock et voir Jimi Hendrix interpréter *La Bannière étoilée*.

« Après en avoir tellement bavé, me raconta mon père, je me disais que pour jouer un truc pareil, Jimi Hendrix devait savoir que j'étais dans la foule. Ça correspondait pile à mon état d'esprit. »

Vingt ans plus tard, il continuait à passer la cassette de Jimi Hendrix qu'on n'entendait presque plus tellement elle était usée. La maison résonnait sans arrêt des explosions de bombes et de roquettes. Il s'asseyait à côté de la chaîne stéréo, une glacière pleine de bières à portée de main, et il pleurait, riait, m'appelait et me serrait dans ses bras tandis que sa mauvaise haleine et son odeur m'enveloppaient comme d'une couverture.

Jimi Hendrix et mon père devinrent des copains de beuverie. Jimi Hendrix attendait qu'il rentre à la maison après une nuit passée à boire. Voici comment se déroulait le cérémonial :

1. Je restais éveillé à guetter le bruit du pick-up de mon père.

2. Dès que je l'entendais, je me précipitais en haut et je mettais la cassette de Jimi.

3. Jimi empoignait sa guitare et lançait la première note de *La Bannière étoilée* au moment précis où mon père ouvrait la porte.

4. Mon père fondait en larmes, s'efforçait de chanter avec Jimi, puis il s'effondrait, la tête sur la table de la cuisine.

5. Je m'endormais sous la table, la tête à côté des pieds de mon père.

6. On rêvait ensemble jusqu'au lever du soleil.

Les jours suivants, mon père se sentait si coupable qu'en guise d'excuses, il me racontait des histoires.

« J'ai rencontré ta mère à Spokane, à une soirée, me dit-il une fois. On était les deux seuls Indiens de la fête. Et peut-être même les deux seuls Indiens de la ville. Je l'ai trouvée tellement belle. Je me disais que c'était le genre de femme capable de faire venir à elle les bisons prêts à se sacrifier. Elle n'aurait pas eu besoin de chasser. Chaque fois qu'on allait se promener, les oiseaux nous accompagnaient. Bon Dieu ! même les plantes arrachées par le vent nous accompagnaient ! »

Les souvenirs qu'il avait de ma mère s'embellissaient à mesure que leurs relations se dégradaient. Au moment du divorce, elle était peut-être bien la plus belle femme du monde.

« Ton père a toujours été à moitié cinglé, me dit plus d'une fois ma mère. Et s'il ne l'était qu'à moitié, c'était grâce aux médicaments. »

Elle l'aimait pourtant, et cela avec une férocité qui finit par la contraindre à se séparer de lui. Ils se querellaient avec un mélange de colère et de grâce que seul l'amour peut générer. Leur amour n'en était pas moins passionné, imprévisible et égoïste. Mes parents se soûlaient, quittaient brusquement les soirées pour rentrer chez eux et faire l'amour.

« Ne le répète pas à ton père, me disait ma mère, mais il a bien dû s'endormir une bonne centaine de fois sur moi. On était en pleine action, il bafouillait *je t'aime*, ses yeux roulaient dans leurs orbites et terminé. Je sais que ça va te paraître bizarre, mais c'était le bon temps. »

J'ai été conçu durant l'une de ces nuits d'ivrognerie, moitié sperme au bourbon de mon père, moitié œuf à la vodka de ma mère. J'ai été fabriqué comme un gentil petit cocktail de la réserve, et mon père avait autant besoin de moi que de n'importe quelle autre boisson alcoolisée.

Un soir, mon père et moi, on rentrait à la maison en voiture après un match de basket. Il y avait du blizzard. On écoutait la radio et on ne parlait pas beaucoup. D'abord parce que mon père à jeun n'était guère loquace, et ensuite parce que les Indiens n'ont pas besoin de parler pour communiquer.

« Salut tout le monde, au micro Big Bill Baggins pour votre émission les classiques de la nuit sur KROC, 97.2, votre radio FM. Betty de Tekoa nous demande la version de Jimi Hendrix de *La Bannière étoilée* enregistrée live à Woodstock. »

Mon père sourit, monta le son, et on avala les kilomètres pendant que Jimi nous ouvrait la voie comme un chasse-neige. Mais dans ce blizzard, avec mon père au volant, dans le silence tendu provoqué par les routes dangereuses et la guitare de Jimi, la musique prenait une autre dimension. La réverbération prenait un sens, avait une forme et une fonction.

La chanson me donnait envie d'apprendre la guitare, non que je veuille devenir Jimi Hendrix ou que j'envisage de jouer un jour pour quelqu'un. Je désirais simplement toucher les cordes, serrer la guitare contre moi, inventer un accord et approcher de ce que Jimi savait, de ce que mon père savait.

« Tu vois, dis-je à mon père une fois la chanson finie, ma génération d'Indiens n'a jamais eu de véritable guerre à mener. Les premiers Indiens ont eu Custer. Mon arrière-grand-père a eu la Première Guerre mondiale, mon grand-père, la Seconde, et toi, le Viêt-nam. Moi, je n'ai que les jeux vidéo. »

Mon père rit longuement, faillit quitter la route et s'embourber dans les champs enneigés.

« Merde ! dit-il. Je comprends pas comment tu peux regretter ça. T'as de la chance, ouais. Merde ! tout ce que t'as eu c'est cette saloperie de Tempête du Désert. D'ailleurs, cette guerre du Golfe, on aurait dû l'appeler Tempête du Dessert parce que ça n'a servi qu'à engraisser les gros. C'était du gâteau, et en plus avec de la crème et une cerise par-dessus. Et puis t'avais même pas à la faire. Tout ce que tu risquais de perdre dans cette guerre-là, c'était ton sommeil parce que tu restais toute la nuit à regarder CNN. »

On continua à rouler dans la neige, à parler de guerre et de paix.

« Y a que ça, dit mon père. La guerre et la paix, et rien au milieu. C'est toujours l'un ou l'autre.

— Tu parles comme un livre.

— Ouais, eh ben, n'empêche que c'est comme ça. C'est pas parce que c'est dans un livre que c'est pas vrai. Et puis, pourquoi tu voudrais faire la guerre pour ce pays ? Un pays qui ne pense qu'à tuer les Indiens depuis le début ? De toute façon, les Indiens sont plus ou moins des soldats-nés. Pas besoin d'uniformes pour le prouver. »

Voilà le genre de conversation que Jimi Hendrix nous forçait à avoir. Je suppose que toutes les chansons ont une signification particulière pour quelqu'un quelque part. Elvis Presley continue à se produire dans les supérettes 7-Eleven alors qu'il est mort depuis des années, et je m'imagine par conséquent que la musique doit être la chose la plus importante au monde. La musique a fait de mon père un philosophe de réserve indienne. La musique possède un puissant pouvoir.

« Je me rappelle la première fois où ta mère et moi on a dansé, me raconta-t-il un jour. C'était dans un bar à cow-boys. Bien qu'on soit indiens, on était les seuls vrais cow-boys. On a dansé sur une chanson de Hank Williams. Sur celle qui est tellement triste, tu sais, *I'm So Lonesome I Could Cry*[*]. Sauf que ta mère et moi on était pas seuls et qu'on pleurait pas. On a dansé lentement et on est tombés tout de suite amoureux.

— Hank Williams et Jimi Hendrix ont pas grand-chose en commun, dis-je.

— Bon Dieu ! si ! Ils s'y connaissent tous les deux en cœurs brisés.

— Tu parles comme dans un mauvais film.

— Ouais, n'empêche que c'est comme ça. Vous les

---

[*] « Je suis si seul que je pourrais pleurer. » (*N.d.T.*)

gosses d'aujourd'hui, vous pigez que dalle à l'amour. Et pareil pour la musique. Et surtout vous, les gosses indiens. Vos idées ont été faussées par tous ces putains de tambours. Vous les avez tellement entendus battre que vous croyez n'avoir besoin de rien d'autre. Bon Dieu ! mon garçon ! même un Indien a besoin de temps en temps d'un piano, d'une guitare ou d'un saxophone. »

Au lycée, mon père jouait dans un orchestre. Il était batteur. Je suppose qu'il a fini par en avoir marre de taper sur ses tambours. Maintenant, il faisait figure de défenseur universel de la guitare.

« Je me souviens quand ton père prenait sa vieille guitare et me jouait des airs, me disait ma mère. Il ne jouait pas très bien, mais il s'acharnait. On le voyait penser à l'accord qu'il allait plaquer ensuite. Il fermait les yeux très fort et devenait tout rouge. Il avait à peu près la même tête que quand il m'embrassait. Surtout, lui répète pas. »

La nuit, parfois, je reste éveillé et j'écoute mes parents faire l'amour. Je sais que les Blancs font ça en silence, qu'ils font même semblant de ne pas le faire. Mes amis blancs me racontent qu'ils n'arrivent même pas à imaginer leurs parents occupés à ça. Moi, je sais exactement ce que ça donne quand ils se caressent. Et je sais exactement ce que ça donne quand ils se bagarrent. L'un compense l'autre. Des plus et des moins. On ajoute et on soustrait. Ça s'équilibre presque.

Certains soirs, je m'endormais au son de leurs amours. Je rêvais de Jimi Hendrix. Je voyais mon père au premier rang dans le noir pendant que Jimi Hendrix jouait *La Bannière étoilée*. Ma mère était à la maison avec moi, et on attendait que mon père retrouve le chemin de la réserve. C'est incroyable d'imaginer que j'étais

41

vivant, que je respirais et mouillais mon lit pendant que Jimi aussi était vivant et cassait des guitares.

Je rêvais que mon père dansait avec toutes ces hippies maigrichonnes, fumait des joints, prenait de l'acide, riait quand il pleuvait. Et pour pleuvoir, il pleuvait. J'ai vu des bandes d'actualités. J'ai vu des documentaires. Il pleuvait. Les gens devaient partager la nourriture. Les gens tombaient malades. Les gens se mariaient. Les gens versaient toutes sortes de larmes.

Pourtant, malgré mes rêves, je n'avais aucune idée de ce que mon père pouvait ressentir, lui le seul Indien à avoir vu jouer Jimi Hendrix à Woodstock. Il est probable qu'il y en avait en réalité des centaines, mais que mon père croyait être le seul. Il me l'a répété des millions de fois quand il était soûl et des centaines de fois quand il était à jeun.

« J'y étais, disait-il. Faut pas oublier que c'était près de la fin et qu'il n'y avait plus autant de monde. Loin de là. Mais moi, je suis resté. J'attendais Jimi. »

Il y a quelques années, il a réuni sa petite famille et on est partis tous les trois à Seattle voir la tombe de Jimi Hendrix. On s'est fait prendre en photo couchés à côté de la tombe. Il n'y a pas de pierre tombale. Rien qu'une petite plaque.

Jimi est mort à vingt-huit ans. Plus jeune que Jésus-Christ. Plus jeune que mon père qui se tenait devant sa tombe.

« C'est les meilleurs qui s'en vont les premiers, dit-il.

— Non, répliqua ma mère. C'est les cinglés qui s'étouffent dans leur vomi.

— Pourquoi tu parles comme ça de mon héros ? protesta mon père.

— Putain ! le vieux Jesse WildShoe s'est étouffé dans son vomi et c'est le héros de personne. »

Je me reculai et regardai mes parents se bagarrer.

J'étais habitué. Quand un couple indien commence à se déchirer, c'est plus destructeur et douloureux que partout ailleurs. Un siècle plus tôt, les mariages indiens se défaisaient facilement. L'homme ou la femme se contentait de prendre ses affaires et de quitter le tipi. Il n'y avait pas de querelles, pas de discussions. Aujourd'hui, les Indiens se battent jusqu'au bout, s'accrochent à ce qui reste, tout ça parce que nos existences sont vouées à la survie.

Après trop de disputes, trop d'injures échangées, mon père s'acheta une moto. Une grosse moto. Il la prenait et partait des heures durant, des jours durant parfois. Il attacha même un vieux lecteur de cassettes au réservoir pour écouter sa musique. A fuir sur cette moto, il apprit quelque chose de nouveau. Il cessa de parler autant, de boire autant. Il ne faisait presque plus que rouler à moto et écouter de la musique.

Et puis un jour, il eut un accident sur Devil's Gap Road et resta deux mois à l'hôpital. Fractures des deux jambes, côtes cassées et un poumon perforé. Il s'était aussi esquinté un rein. Les médecins dirent qu'il avait échappé de peu à la mort. De fait, ils étaient surpris qu'il ait survécu aux opérations, sans parler des quelques heures où, allongé sur la route, il se vidait de son sang. Moi, par contre, je n'étais pas surpris. Je savais de quel bois était fait mon père.

Ma mère, quoique ne voulant toujours plus vivre avec lui, venait le voir tous les jours. Elle lui chantait à mi-voix des airs indiens, en mesure avec les appareils branchés à mon père. Bien qu'incapable ou presque de bouger, celui-ci marquait le rythme en tapotant du bout des doigts.

Lorsqu'il eut récupéré assez de forces pour s'asseoir dans son lit et parler, pour tenir des conversations et raconter des histoires, il m'appela.

« Victor, me dit-il. Tiens-t'en aux quatre roues. »

Quand il entra en convalescence, ma mère, tout en l'aidant encore, espaça ses visites. Une fois qu'il n'eut plus besoin d'elle, elle reprit l'existence qu'elle s'était créée. Elle allait dans les pow-wows et recommençait à danser. Durant sa jeunesse, elle avait été une championne de danse traditionnelle.

« Je me souviens de ta mère quand elle était la meilleure danseuse traditionnelle du monde, me dit mon père. Tous les hommes la voulaient pour petite amie, mais elle ne dansait que pour moi. C'était comme ça. Elle me disait qu'un pas sur deux, il était pour moi et rien que pour moi.

— Mais ça ne fait que la moitié de la danse !

— Ouais. L'autre, elle le gardait pour elle. Personne ne peut tout donner. Ce ne serait pas sain.

— Tu sais, dis-je, des fois on croirait que t'appartiens même pas à la réalité.

— Qu'est-ce que la réalité ? Je ne m'intéresse pas à la réalité. Je m'intéresse à la manière dont les choses devraient être. »

Voilà comment son esprit fonctionnait. Si nos souvenirs ne nous plaisent pas, il suffit de les changer. Au lieu de se rappeler les choses désagréables, il suffit de se rappeler ce qui s'est passé juste avant. C'est ce que j'ai appris de mon père. De sorte que je me rappelle le goût délicieux de ma première gorgée de Pepsi Light plutôt que la sensation dans ma bouche quand j'ai avalé une guêpe avec la deuxième.

C'est pour ça que mon père se souvenait seulement de l'instant qui précéda celui où ma mère le quitta pour de bon et partit avec moi. Non. C'est moi qui me souvenais de l'instant qui précéda celui où mon père nous quitta ma mère et moi. Non. C'est ma mère qui se souvenait de l'instant qui précéda celui où mon père la quitta et la laissa m'élever seule.

En tout cas, quel que soit le cheminement de la mémoire, il n'en reste pas moins que c'était mon père qui avait enfourché sa moto, qui avait agité la main pour me dire au revoir tandis que je me tenais à la fenêtre, puis qui était parti. Il avait vécu à Seattle, à San Francisco et à Los Angeles avant d'atterrir à Phoenix. Pendant quelque temps il m'a envoyé des cartes postales environ toutes les semaines. Puis une fois par mois. Puis uniquement pour Noël et mon anniversaire.

Sur une réserve, les hommes indiens qui abandonnent leurs enfants sont encore plus mal considérés que les hommes blancs qui font pareil. C'est parce que les Blancs agissent ainsi depuis toujours, alors que les Indiens viennent juste d'apprendre à le faire. Voilà ce que donne parfois l'assimilation.

Ma mère fit de son mieux pour m'expliquer tout ça, mais j'avais déjà compris.

« C'était à cause de Jimi Hendrix ? lui demandai-je.

— En partie, ouais, me répondit-elle. C'est peut-être le seul mariage rompu par un joueur de guitare mort.

— Y a une première fois pour tout, pas vrai ?

— Ouais, je suppose. Ton père préfère simplement être seul plutôt qu'en compagnie d'autres personnes. Même toi et moi. »

Il m'arrivait de surprendre ma mère en train de feuilleter de vieux albums de photos, de regarder fixement le mur ou par la fenêtre. Elle avait alors une expression qui montrait que mon père lui manquait. Mais pas assez pour qu'elle souhaite son retour. Il lui manquait juste assez pour qu'elle en souffre.

Quant à moi, les soirs où il me manquait le plus, j'écoutais de la musique. Pas toujours Jimi Hendrix. En général, j'écoutais du blues. Robert Johnson surtout. La première fois que je l'ai entendu chanter, j'ai compris qu'il savait ce que c'était d'être indien à l'aube du vingt et unième siècle, lui le Noir du début du vingtième. C'était ce que mon père avait dû ressentir en entendant Jimi Hendrix. Quand il était resté sous la pluie à Woodstock.

Et puis l'un de ces soirs-là, alors que je pleurais dans mon lit, tenant entre mes mains la photo qui le représentait le fusil brandi au-dessus du soldat de la garde nationale, j'ai imaginé que sa moto venait se garer devant la maison. Je savais que c'était un rêve, mais je l'ai laissé se réaliser l'espace d'un moment.

« Victor ! crie mon père. Viens, on va se promener.

— Je descends tout de suite. Je mets juste mon manteau. »

J'enfile à la hâte mes chaussettes et mes chaussures, puis mon manteau, et je me précipite dehors. L'allée est déserte. Le silence règne, le genre de silence propre aux réserves, dans lequel on entendrait tinter les glaçons dans un verre de bourbon à cinq kilomètres de distance. Je reste sur la véranda jusqu'à ce que ma mère me rejoigne.

« Rentre, me dit-elle. Il fait froid.

— Non. Je sais qu'il va revenir ce soir. »

Sans un mot, ma mère m'a enveloppé dans son quilt préféré, puis est retournée se coucher. J'ai passé la nuit sur la véranda, imaginant entendre des motos et des guitares, jusqu'à ce que le soleil se lève, si brillant que j'ai su qu'il était temps d'aller retrouver ma mère. Elle nous a préparé le petit déjeuner et nous avons mangé à satiété.

Le rêve de Crazy Horse

Elle manœuvra pour s'approcher de Victor à côté de la baraque à pain frit, mais il se glissait pas à pas entre les autres Indiens qui mangeaient et buvaient, espérant que la serveuse blackfoot se déciderait enfin à prendre sa commande. Fatigué de ce petit jeu, il se tourna pour partir et se trouva face à elle.

« Ils ne font pas attention à toi parce que t'as les cheveux trop courts », lui dit-elle.

Elle est trop petite pour être sincère, pensa-t-il. Ses nattes lui arrivaient à la taille, mais sur une grande femme, elles auraient paru normales, insignifiantes. Elle portait une chemise à rubans à cinquante dollars fabriquée par une firme de Spokane. Il avait lu l'histoire de la grand-mère indienne qui les dessinait, chacune un modèle original, puis qui les vendait pour un prix couvrant à peine ses frais. Il se souvenait de la caissière rousse qui avait encaissé son chèque et lui avait demandé s'il pensait que sa chemise était authentique. Authentique ! Il dévisagea un instant cette petite femme indienne qui se tenait devant lui, puis il reprit son chemin.

« Hé ! Une-Natte ! lui cria-t-elle. Tu te crois trop bien pour moi ?

— Non, répondit-il. Trop grand. »

Il s'éloigna au milieu des copeaux répandus par terre pour lutter contre la poussière et se dirigea vers le pavillon du jeu de bâtons. Il eut la surprise de voir Willie Boyd tenir les osselets afin de gagner l'argent de l'essence qui lui permettrait de se rendre au prochain pow-wow. Il fouilla dans ses poches, trouva un billet de cinq dollars, et le jeta devant Willie. Celui-ci fit passer les osselets d'une main à l'autre comme un magicien indien travaillant sans miroirs. Son geste était une fraction de seconde plus rapide que l'œil de la vieille femme qui, installée en face de lui, s'efforçait de désigner l'osselet présentant l'anneau de couleur. La vieille femme se trompa et éclata de rire, puis elle balança quelques billets froissés dans la boue devant Willie.

« On est partis pour la nuit, Willie, dit Victor. Je vais nulle part. »

C'était le premier soir de pow-wow et tout le monde avait encore de l'argent. Cinq dollars ne compteraient qu'à la fin, quand il ne resterait plus qu'une place dans la dernière voiture quittant Browning ou Poplar. Willie Boyd conduisait un camping-car équipé d'un réfrigérateur et d'une télévision ainsi que d'un toit ouvrant qui laissait passer l'air. Le moment venu, songea Victor, Willie se rappellerait les cinq dollars. Willie Boyd se rappelait toujours.

Quand il se prépara à partir, il se heurta de nouveau à elle.

« Tu dois être riche, dit-elle. Mais tu ne dois pas être un vrai guerrier. Tu me laisses approcher tout près de toi.

— Tu ne me surprends pas, dit-il. Les Indiens des Plaines avaient des femmes qui chevauchaient dix-huit heures par jour. Elles étaient capables de tirer sept flèches à la suite l'une de l'autre avant que la première touche le sol. C'étaient les meilleures cavalières de toute l'histoire du monde.

— C'est bien ma chance. Un Indien cultivé !

— Ouais, fit-il. Université de la réserve. »

La vieille plaisanterie les fit rire. Tous les Indiens sont des anciens élèves de cette université-là.

« D'où tu es ? demanda-t-elle.

— De Wellpinit. Je suis un Spokane.

— J'aurais dû m'en douter. T'as des mains de pêcheur.

— Y a plus de saumons dans notre fleuve. Rien qu'un bus scolaire et quelques centaines de ballons de basket.

— Qu'est-ce que tu me chantes ?

— Notre équipe de basket plonge dans le fleuve et se noie chaque année, répondit-il. C'est une tradition. »

Elle rit.

« T'es un conteur, c'est ça ?

— Je ne fais que te raconter les choses avant qu'elles arrivent, dit-il. Les mêmes que les fils et les filles raconteront à tes pères et mères.

— Tu ne réponds donc jamais directement aux questions ?

— Ça dépend des questions.

— Tu veux être mon paradis du pow-wow ? »

Elle le conduisit à son Winnebago. Dans l'obscurité, sur le matelas de plastique, elle caressa son ventre flasque. Il passa sur elle ses mains qui, pareilles à des danseurs Fantaisie, s'écartaient de plus en plus de son corps. Il tremblait.

« De quoi tu as peur ? demanda-t-elle.

— Des ascenseurs, des escaliers roulants, des portes à tambour. De tous les mouvements qu'on ne maîtrise pas.

— Tu n'as pas à t'inquiéter de ce genre de choses à un pow-wow.

— Si, affirma-t-il. On a eu une conférence indienne au Sheraton de Spokane l'hiver dernier. Une vingtaine d'entre nous s'est entassée dans l'ascenseur pour monter à ma chambre et on s'est retrouvés coincés entre le douzième et le quatorzième étage. Vingt Indiens et un vieux petit bonhomme de liftier blanc qui a eu une crise cardiaque.

— Tu mens, dit-elle. Cette histoire, tu l'as volée.

— Et toi, qu'est-ce qui te fait peur ? » demanda-t-il.

Elle ne répondit pas. Elle essaya de distinguer ses traits dans le noir, et elle se fit une idée de lui. Une idée fausse. Il avait les cheveux plus clairsemés, plutôt châtains que noirs, les mains petites. D'une certaine manière, elle attendait encore Crazy Horse.

« Je fais tout le temps le même rêve à propos d'une partie de bingo, dit-elle. C'est une partie à un million de dollars et il me manque juste B-6. Mais on annonce B-7 et tous les autres joueurs se mettent à hurler *Bingo !*

— Ça ressemble davantage à la réalité qu'à un rêve », dit-il, cependant qu'elle tendait le bras au-dessus de lui pour allumer.

Victor sursauta. Elle avait grandi. C'était la femme la plus énorme qu'il eût jamais vue. Sa chevelure lui couvrait tout le corps, telle une avalanche de chevaux. Elle était plus belle qu'il le désirait, l'enfant des sorties d'autoroute et de la télévision par câble, la mère des enfants qui attendaient devant le 7-Eleven et lui demandaient de leur acheter une caisse de bières Coors Light. Elle était dans le bus qui allait au centre universitaire, elle était dans le bus qui allait vers des villes qui se développaient, dont la population doublait. Il n'avait rien à donner à son père pour obtenir sa main, rien qu'elle pût comprendre, rien qu'elle pût se rappeler.

« Qu'est-ce que t'as ? demanda-t-elle, avançant la main

pour éteindre, mais il lui saisit le poignet et le serra à lui faire mal.

— Pourquoi t'as pas de cicatrices ? demanda-t-il, attirant son visage vers le sien de sorte que ses nattes lui effleurèrent la poitrine.

— Et toi, pourquoi t'en as autant ? » répliqua-t-elle.

Alors, elle eut peur de l'homme nu à côté d'elle, sous elle, peur de cet homme si simple avec ses vêtements et ses bottes de cow-boy, l'air d'une plume enfermée dans une bouteille.

« Tu comptes pas, dit-il. T'es qu'un foutu Indien comme moi.

— Tu te trompes, dit-elle en se dégageant pour s'asseoir, les bras croisés sur sa poitrine. Je suis la meilleure des Indiennes et je suis au lit avec mon père. »

Il rit. Elle se tut. Elle s'imaginait qu'elle pourrait être sauvée. Elle s'imaginait qu'il pourrait la prendre par la main et danser avec elle la danse du Hibou. Elle s'imaginait qu'elle pourrait le regarder danser les danses Fantaisie, regarder les muscles de ses mollets tendre à chaque pas vers la perfection. Elle s'imaginait qu'il était Crazy Horse.

Il se leva, enfila son Levi's, boutonna sa chemise de flanelle rouge et noire, du genre de celle qu'un certain écrivain appelait une chemise indienne. Il sauta dans ses bottes de cow-boy et alla prendre une bière dans le minuscule réfrigérateur.

« T'es rien, rien du tout », dit-il.

Et il partit.

Debout dans l'obscurité à côté d'un tipi à l'intérieur duquel brûlait un feu qui laissait échapper une fumée bleue, il regarda le Winnebago. Des heures durant, Victor regarda les lumières s'allumer et s'éteindre, s'allumer et s'éteindre. Il aurait voulu être Crazy Horse.

Le seul feu de signalisation sur la réserve
ne passe plus au rouge

« Vas-y, dit Adrian. Tire. »

J'appuyai le canon du pistolet contre ma tempe. Je n'avais pas bu, mais j'aurais voulu être assez soûl pour presser la détente.

« Allez, vas-y, reprit Adrian. Espèce de poule mouillée. »

Sans lâcher l'arme, j'écartai Adrian de ma deuxième main, après quoi je serrai le poing de ma troisième main pour rassembler un peu de courage et de stupidité, puis, de ma quatrième main, j'épongeai la sueur qui perlait sur mon front.

« Bon, dit Adrian. Donne-moi cette saloperie. »

Il prit le pistolet, mit le canon dans sa bouche, arrondit son sourire autour du cylindre de métal, puis tira. Il jura copieusement, éclata de rire et recracha le plomb.

« T'es mort ? demandai-je.

— Non. Pas encore. File-moi une autre bière.

— Hé, on boit plus, oublie pas. Un Pepsi Light, ça te va ?

— Ouais, pas vrai ? Bon, d'accord, un Pepsi. »

On était assis sur la véranda et on surveillait la réserve. Il ne se passait rien. De nos fauteuils que leurs pieds branlant transformaient en rocking-chairs, on voyait que le seul feu de signalisation de la réserve ne fonctionnait plus.

« Hé, Victor, depuis quand ce truc marche plus ? me demanda Adrian.

— Je sais pas. »

C'était l'été. Il faisait chaud. Pourtant, on gardait nos chemises pour cacher nos brioches de buveurs de bière et nos cicatrices de varicelle. En tout cas, moi je tenais à cacher mon bide. J'étais une ancienne vedette de basket qui se laissait aller. C'est toujours assez triste quand ça arrive. Il n'y a rien de moins séduisant qu'un homme inutile et c'est deux fois plus vrai quand il s'agit d'un Indien.

« Alors, reprit Adrian, qu'est-ce que tu veux faire aujourd'hui ?

— Je sais pas. »

On regarda passer un groupe de petits Indiens. J'aurais aimé croire qu'ils étaient une dizaine, mais ils n'étaient en réalité que quatre ou cinq. Maigres, brunis par le soleil, les cheveux longs et coiffés à la va-vite. On aurait dit qu'ils n'avaient pas pris de douche depuis une semaine.

Leur odeur me rendait jaloux.

Ils avaient dû organiser une expédition. De petits guerriers du vingtième siècle à la recherche d'honneurs glanés grâce à quelque acte de vandalisme. Casser des carreaux, donner des coups de pied à un chien, lacérer un pneu. Et puis détaler à toutes jambes quand la voiture des flics tribaux arriverait au ralenti sur les lieux du crime.

« Hé, fit Adrian. C'est pas le petit Windmaker ?

— Si, répondis-je en me tournant vers Adrian qui se penchait pour mieux observer Julius Windmaker, le meilleur joueur de basket de la réserve alors qu'il n'avait que quinze ans.

— Il a l'air en forme, constata Adrian.
— Ouais, il doit pas boire.
— Pas encore.
— Ouais, pas encore. »

Julius Windmaker était le dernier d'une longue lignée de gloires du basket qui remontait à Aristote Polatkin, lequel pratiquait déjà les tirs en extension exactement un an avant que James Naismith ne soit censé avoir inventé le basket.

Je n'avais vu jouer Julius qu'à deux ou trois reprises, mais il avait le don, la grâce et la main d'un foutu homme-médecine. Un jour que l'école tribale avait été disputer un match à Spokane contre l'équipe blanche du lycée de la ville, il avait marqué soixante-sept points à lui tout seul et les Indiens avaient gagné avec un écart de quarante points.

« Je ne savais pas qu'ils seraient à cheval », avais-je entendu dire l'entraîneur des Blancs à la fin de la partie.

Julius était un artiste et il avait ses humeurs. Il lui était arrivé plusieurs fois de quitter le terrain en plein milieu de la partie parce qu'il trouvait que ça manquait de nerf. Il était comme ça. Il pouvait adresser une passe extraordinaire qui prenait tout le monde par surprise si bien que le ballon sortait au bénéfice de l'adversaire, mais personne ne protestait, car on savait tous qu'un de ses coéquipiers aurait dû être là pour attraper la passe. On l'adorait.

« Hé ! Julius ! lui cria Adrian depuis la véranda. T'es qu'un tas de merde ! »

Julius et ses copains s'esclaffèrent puis, agitant leurs plumes d'un air dédaigneux, poursuivirent leur chemin. Ils savaient tous que Julius était le meilleur joueur actuel de la réserve, et peut-être même le meilleur joueur de tous les temps, et ils savaient que la remarque d'Adrian ne faisait que le confirmer.

55

C'était plus facile pour lui de se moquer de Julius dans la mesure où il n'avait jamais pratiqué réellement le basket. Il pouvait donc se montrer plus détaché. En revanche, ce n'était pas le cas pour moi. J'avais été un bon joueur, certainement pas aussi bon que Julius, mais je ressentais encore cette douleur en moi, ce besoin d'être le meilleur. C'est ça, ce sentiment d'immortalité, qui motive le joueur de basket, et quand ça disparaît, quelle qu'en soit la raison, on n'est plus le même, tant sur le terrain qu'en dehors.

Pour ma part, je sais quand j'ai perdu cette motivation. Au cours de ma dernière année de lycée, on avait atteint le stade de la finale du championnat de l'Etat. Je jouais comme un dieu, tout passait. C'était aussi facile que lancer des pierres dans l'océan depuis un petit canot. Je ne pouvais pas rater. Et puis, juste avant le match, on a tenu notre réunion préparatoire dans l'infirmerie du lycée où le tournoi se déroulait chaque année.

Comme notre entraîneur tardait, pour tuer le temps on a regardé les manuels de premiers secours. Il y avait des images de toutes sortes d'horribles blessures. Mains et pieds écrasés dans des presses à imprimer, arrachés par des tondeuses à gazon, brûlés et déchiquetés. Visages passés par le pare-brise, traînés sur le gravier, fendus par des outils de jardin. C'était répugnant, mais on continuait à feuilleter, à examiner photo après photo, échangeant les manuels entre nous, jusqu'à ce qu'on ait tous envie de vomir.

C'est pendant que j'étudiais ces gros plans, symboles de mort et de destruction, que je l'ai perdu. Je crois que nous tous dans cette pièce, tous les membres de l'équipe, avons perdu alors ce sentiment d'immortalité. On s'est fait battre de vingt points. J'ai raté tous mes tirs. J'ai tout raté.

« Alors, demandai-je à Adrian. Tu crois que Julius réussira jusqu'au bout ?

— On verra bien, on verra bien. »

On connaît l'histoire de tous ces héros de la réserve qui n'ont jamais fini le lycée, ni la saison de basket. Il y a même eu deux ou trois types qui ont juste joué quelques minutes au cours d'un seul match, le temps de montrer ce qu'ils auraient pu être. Sans compter le cas célèbre de Silas Sirius qui s'est contenté d'entrer en jeu pour marquer un seul et unique panier dans toute sa carrière de basketteur. Les gens en parlent encore.

« Hé ! tu te souviens de Silas Sirius ? demandai-je à Adrian.

— Putain ! Si je m'en souviens ? J'étais présent quand il a pris la balle au rebond, a fait un pas en avant, s'est envolé puis a fait une double vrille avant de rentrer ce putain de ballon. Attention, je veux pas dire qu'il a donné l'impression de s'envoler, ou que c'était si beau qu'on aurait pu le croire, non, je veux dire qu'il s'est envolé, point final. »

J'éclatai de rire et me tapai sur les cuisses, car je savais que je croyais d'autant plus l'histoire d'Adrian qu'elle paraissait moins vraisemblable.

« Putain ! poursuivit-il. Et il lui a même pas poussé des ailes. Il a juste agité un peu les jambes. Il tenait le ballon comme si c'était un petit bébé. Et il souriait. Si, si. Il souriait en volant. Il souriait quand il a marqué le panier, et il souriait encore quand il a quitté le terrain pour ne jamais revenir. Putain ! dix ans après il souriait toujours ! »

Je ris de plus belle, puis j'arrêtai une seconde, puis je ris un peu plus longuement parce que c'était la chose à faire.

« Ouais, dis-je. Silas était un sacré joueur.

— Ouais, un sacré joueur », acquiesça Adrian.

Dans le monde extérieur, on peut être un héros et l'instant d'après un rien-du-tout. Réfléchissez-y. Est-ce que les Blancs se rappellent le nom de ceux qui, quelques années auparavant, ont plongé dans ce fleuve glacé pour secourir les survivants d'un avion accidenté ? Bon Dieu ! les Blancs ne se rappellent même pas le nom des chiens dont les aboiements ont empêché des familles entières de brûler vives dans l'incendie de leurs maisons. Et, pour être franc, moi non plus je ne me rappelle pas leurs noms, mais celui d'un héros de la réserve, on se le rappelle. Un héros de la réserve est un héros pour l'éternité. De fait, son prestige ne cesse de grandir au fil des ans cependant qu'on raconte et reraconte son histoire.

« Ouais, reprit Adrian. Dommage qu'il ait attrapé ce putain de diabète. Silas parlait tout le temps de faire son come-back.

— Ouais, dommage. Vraiment dommage. »

On se cala dans nos fauteuils. Silence. On regarda l'herbe pousser, les rivières couler, le vent souffler.

« Merde ! depuis quand ce putain de feu marche plus ? finit par demander Adrian.

— Je sais pas.

— Bordel ! ils pourraient le réparer. Ça pourrait provoquer un accident. »

On se regarda, on regarda le feu de signalisation. On savait qu'il passait environ une voiture par heure, et on se bidonna à tomber sur le cul. Au point que je me retrouvai sur le cul d'Adrian et vice-versa. C'était tellement marrant qu'on repartit de plus belle et qu'il nous fallut presque une heure pour récupérer nos biens respectifs.

Puis on entendit au loin un bruit de verre brisé.

« On dirait des bouteilles de bière, fit Adrian.

— Ouais, Coors Light, à mon avis.

— Cuvée 1988. »

On allait de nouveau s'esclaffer quand un flic tribal passa en voiture sur la route que Julius et ses copains avaient empruntée tout à l'heure.

« Tu crois qu'il va les attraper ? demandai-je à Adrian.

— Il les attrape à chaque coup. »

Quelques minutes plus tard, le flic tribal repassa. Julius était sur la banquette arrière et ses copains couraient derrière la voiture.

« Hé ! cria Adrian. Qu'est-ce qu'il a fait ?

— Jeté une brique à travers le pare-brise d'un pick-up du Bureau des Affaires indiennes.

— Je t'avais bien dit que c'était le bruit d'une vitre de pick-up, dis-je.

— Ouais, ouais, un Chevy 1982.

— Rouge.

— Non, bleu. »

On rit une fraction de seconde, puis Adrian poussa un profond soupir. Il se massa les tempes, se passa la main dans les cheveux, se gratta le crâne.

« Je crains que Julius tourne mal, dit-il.

— Mais non, mais non. Il déconne juste un peu.

— On verra bien, on verra bien. »

C'est difficile d'être optimiste sur la réserve. Ici, quand un verre est posé sur une table, les gens ne se demandent pas s'il est à moitié plein ou à moitié vide. Ils espèrent simplement que c'est de la bonne bière. N'empêche que les Indiens ont un don pour survivre. Et surtout pour survivre au pire. Aux massacres, à la perte de leurs langues et de leurs terres. Ce sont les petites choses qui font le plus mal. La serveuse blanche qui refuse de prendre une commande, Tonto, le faire-valoir du Cavalier Solitaire, l'équipe des Peaux-Rouges de Washington.

Et, comme tout le monde, les Indiens ont besoin de héros pour les aider à apprendre comment on fait pour survivre. Mais qu'arrive-t-il quand nos héros ne savent même pas comment payer leurs factures ?

« Merde, Adrian, dis-je. Ce n'est qu'un enfant.

— Y a pas d'enfants sur une réserve.

— Ouais, j'ai déjà entendu ça. En tout cas, je suppose que Julius est un bon élève aussi.

— Et alors ?

— Alors, peut-être qu'il veut aller à l'université.

— Vraiment ?

— Vraiment », dis-je en éclatant de rire.

Je riais parce qu'une moitié de moi-même était heureuse et que l'autre ne voyait pas autre chose à faire.

Un an plus tard, Adrian et moi étions installés sur cette même véranda dans ces mêmes fauteuils. On avait fait des choses entre-temps, du genre manger, dormir, lire les journaux. C'était de nouveau l'été et il faisait de nouveau chaud. Mais comme je dis toujours, l'été il est censé faire chaud.

« J'ai soif, dit Adrian. File-moi une bière.

— Combien de fois il faudra que je te le répète ? On ne boit plus.

— Merde ! j'oublie tout le temps. Alors, donne-moi une saloperie de Pepsi.

— T'en as déjà bu une caisse entière.

— Ouais, ça fait chier ces drogues de substitution. »

On resta assis quelques minutes, quelques heures, puis Julius Windmaker passa sur la route en titubant.

« Regarde-moi ça, dit Adrian. Pas encore deux heures de l'après-midi, et il est soûl comme un cochon.

— Il a pas un match ce soir ?

— Si.

— Eh bien, j'espère qu'il aura dessoûlé.

— Moi aussi. »

Je n'avais joué qu'une seule fois en étant ivre et c'était dans un tournoi entre équipes indiennes après que j'avais laissé tomber le lycée. J'avais bu la veille et comme je m'étais réveillé mal fichu, j'avais recommencé à boire. Pendant toute la partie, je m'étais senti comme déconnecté. Rien ne paraissait à sa place. Jusqu'à mes chaussures qui auparavant m'allaient parfaitement et qui me semblaient d'un seul coup trop grandes. Je ne voyais distinctement ni le ballon ni le panier. J'avais l'impression qu'il s'agissait plus de simples notions que de réalités. C'est-à-dire que je savais ce qu'ils étaient supposés être, et j'en déduisais l'endroit où je devais me trouver. Je ne sais pas comment j'ai fait, mais j'ai réussi à marquer dix points.

« Il picole pas mal, pas vrai ? demanda Adrian.

— Ouais, j'ai entendu dire qu'il buvait même du mauvais vin.

— Merde, ça va lui griller les neurones en un rien de temps. »

Ce soir-là, on abandonna la véranda pour aller à l'école tribale voir Julius jouer. Bien qu'un peu enrobé, il avait encore fière allure dans son maillot, mais ce n'était plus le joueur qu'on avait connu. Il ratait des tirs faciles, adressait de mauvaises passes, de celles qu'on savait être de mauvaises passes. A la fin de la partie, il resta assis sur le banc de touche, la tête pendante, tandis que les spectateurs sortaient et parlaient tous des jeunes joueurs prometteurs. Il y avait une gamine à peine âgée de dix ans du nom de Lucy qui se débrouillait déjà pas trop mal.

Chacun racontait son histoire favorite sur Julius Windmaker. A des moments pareils, sur une réserve, un match de basket ressemble à la fois à un enterrement et à une veillée mortuaire.

De retour sur la véranda, Adrian et moi on s'enveloppa dans des châles car la soirée était un peu fraîche.

« C'est dommage, vraiment dommage, dis-je. Je croyais que Julius serait peut-être enfin celui qui réussirait.

— Je t'avais bien dit que non. Tu vois, j'avais raison.

— Ouais, mais inutile d'enfoncer le couteau dans la plaie. »

On se tut et on se remémora nos héros, tous les joueurs de basket sur sept générations. C'est dur d'en perdre un, car les Indiens considèrent plus ou moins les basketteurs comme des sauveurs. Vous comprenez, si le basket avait existé à l'époque, je suis persuadé que Jésus-Christ aurait été le meilleur pivot de Nazareth. Et sans doute le meilleur joueur du monde. Et même de l'univers. Je ne peux pas expliquer à quel point perdre Julius Windmaker était une souffrance pour nous tous.

« Bon, dit Adrian. Qu'est-ce que tu veux faire demain ?

— Je sais pas.

— Merde ! ce putain de feu marche toujours pas ! Regarde. »

Il désignait le bas de la route. Il avait raison. Mais à quoi bon le réparer quand ici les panneaux STOP passent pour de simples suggestions ?

« Quelle heure est-il ? demanda Adrian.

— Je sais pas. Dix heures, peut-être.

— Allons quelque part.

— Où ça ?

— Je sais pas, Spokane, n'importe où, mais allons-y.

— Okay », dis-je.

On rentra à l'intérieur et on ferma la porte à clé. Non. On la laissa entrebâillée au cas où un cinglé d'Indien aurait besoin d'un endroit pour dormir. Au matin, on trouva ce cinglé de Julius écroulé sur la moquette du séjour.

« Hé ! espèce de clodo ! hurla Adrian. Dégage de mon plancher !

— C'est ma maison, Adrian, lui fis-je remarquer.

— C'est vrai, j'oubliais. Hé ! espèce de clodo ! dégage du plancher de Victor. »

Julius grogna et péta, mais il ne se réveilla pas. Ça ne dérangeait pas vraiment Adrian que Julius dorme là, aussi il jeta une vieille couverture sur lui. Ensuite, on prit chacun notre tasse de café et on alla s'asseoir sur la véranda. On venait à peine de finir de boire qu'un groupe de petits Indiens passa sur la route qui tous tenaient des ballons de basket de formes diverses et en plus ou moins bon état.

« Hé ! regarde ! me dit Adrian. C'est pas la petite Lucy ? »

C'était bien elle, une gamine à la peau brune et aux genoux couronnés de cicatrices, vêtue de la chemise de son père.

« Ouais, c'est elle, dis-je.

— Il paraît qu'elle est si bonne qu'elle joue avec l'équipe des garçons de sixième.

— Oh ? Alors qu'elle n'est qu'au cours élémentaire, c'est ça ?

— Ouais, ouais, une petite guerrière. »

On regarda les petits Indiens s'éloigner sur la route, vers une nouvelle partie de basket.

« J'espère qu'elle réussira, dis-je.

— On verra bien, on verra bien. »

Adrian contempla le fond de sa tasse, puis il la lança à travers le jardin. On la regarda de tous nos yeux cependant que le soleil se levait juste au-dessus de nos têtes et s'installait derrière la maison, et que la tasse tournoyait et tournoyait encore et encore avant d'atterrir intacte sur le sol.

Amusements

« Je descends une corde effilochée dans les profondeurs et remonte les mêmes vieilles larmes indiennes dans mes yeux. Le liquide est pur et irrésistible. »

ADRIAN C. LOUIS

Assommé par la chaleur de l'été et trop de bourbon bu à même la flasque, Joe le Dégueulasse s'écroula sur la pelouse pelée où se déroulait la fête, tandis que Sadie et moi, penchés sur lui, on regardait son visage plat, la carte de toutes les guerres qu'il avait menées dans les bars indiens. Joe le Dégueulasse n'était pas un guerrier au vieux sens du terme. Son nom venait de ce qu'il écumait les tavernes à l'heure de la fermeture et vidait les fonds de verre sans jamais se préoccuper de savoir qui les avait laissés.

« Qu'est-ce qu'on va faire de lui ? demandai-je à Sadie.

— On n'a qu'à abandonner ce vieux con ici, Victor », répondit-elle.

En réalité, on savait bien qu'il n'était pas question d'abandonner un Indien ivre mort au milieu d'une fête foraine blanche. D'un autre côté, on n'avait pas envie, quel que soit l'endroit où l'on irait ensuite, de trimbaler ce cadavre temporaire.

« Si on le laisse là, c'est sûr qu'il finit en taule, dis-je.

— Peut-être que la cellule des ivrognes lui fera du bien. »

Sadie s'assit lourdement dans l'herbe, tandis que sa natte se défaisait.

Un siècle plus tôt, elle aurait pu passer pour belle cependant que son visage se serait reflété dans la rivière au lieu d'un miroir, mais les années avaient changé davantage que notre sang et la forme de nos yeux. Aujourd'hui, nous portions la peur comme un collier de turquoises, comme un châle familier.

Assis à côté de Joe le Dégueulasse, on regardait les touristes blancs qui nous regardaient, riaient, nous montraient du doigt, les traits tordus de haine et de dégoût. Ils me faisaient peur et j'avais envie de me cacher derrière mon sourire d'Indien, derrière les plaisanteries faciles.

« Merde, dis-je. On devrait les faire payer pour le spectacle.

— Ouais, un *quarter* par personne et on aurait de quoi s'acheter des canettes de Coors Light pendant une semaine.

— Et même pour le restant de notre vie, pas vrai ? »

Au bout d'un moment, je tombai d'accord avec Sadie. On n'avait qu'à laisser Joe le Dégueulasse aux balayeurs. J'allais me lever quand j'entendis des cris derrière moi. Je me retournai pour voir ce que c'était, et je compris aussitôt : ça venait des petites montagnes russes appelées l'Etalon.

« Sadie, mettons-le sur les montagnes russes », proposai-je.

Elle sourit pour la première fois depuis quatre ou cinq cents ans, puis elle se mit debout.

« Ça, c'est le coup vraiment salaud à lui faire », dit-elle en riant.

Elle le prit par les bras et moi par les jambes, puis on le porta vers l'Étalon.

« Hé, dis-je au forain, je vous file vingt dollars si vous laissez mon cousin dans votre truc toute la journée. »

Le type me considéra, considéra Joe le Dégueulasse, puis il me sourit.

« Il est soûl comme un cochon. Il pourrait se blesser.

— Foutaises, répliquai-je. Les Indiens ne craignent pas un petit peu de force centrifuge.

— Et puis merde, conclut le forain. Pourquoi pas ? »

On installa Joe le Dégueulasse dans le dernier wagonnet et on fouilla ses poches pour s'assurer qu'elles ne contenaient rien de potentiellement dangereux. Après quoi, Sadie et moi, on le regarda faire quelques tours, la tête ballottée de droite à gauche et d'avant en arrière. On aurait dit une vieille couverture bonne à flanquer à la poubelle.

« Oh ! là ! là ! Oh ! là ! là ! » hoquetait Sadie, se tenant les côtes.

Penchée sur mon épaule, elle riait aux larmes. Autour de nous, une petite foule s'était rassemblée qui joignait ses rires aux nôtres. Une vingtaine ou une trentaine de visages blancs, la bouche ouverte, les yeux ronds, tous tournés vers nous et qui émettaient un bruit assourdissant. Ils formaient le jury et les juges de la danse Fantaisie du vingtième siècle interprétée par ces bouffons qui versaient du vin Thunderbird dans le Saint-Graal.

« Sadie, je crois qu'on aurait intérêt à partir.

— Oh, merde ! s'exclama-t-elle, comprenant soudain ce qu'on avait fait. T'as raison.

— Attends, faut qu'on récupère Joe.

— On n'a pas le temps », dit-elle en m'arrachant à la foule.

On s'éloigna à grandes enjambées, faisant de notre mieux pour avoir l'air de n'importe quoi sauf d'Indiens. Deux petits rouquins nous croisèrent en courant et nous gratifièrent de bruits censés imiter ceux des Indiens. Comme je me retournais pour les observer, l'un d'eux pointa son doigt sur moi.

« Bang ! cria-t-il. T'es mort, l'Indien. »

Sur l'Etalon, Joe le Dégueulasse reprenait connaissance. Il dressa la tête et sembla chercher un repère familier.

« Sadie, il revient à lui. Faut qu'on aille le chercher.

— Vas-y, toi », dit-elle en poursuivant son chemin.

Je la suivis des yeux. C'était la seule parmi la foule à ne pas se précipiter pour aller voir l'Indien soûl sur les montagnes russes. Je pivotai juste au moment où Joe le Dégueulasse descendait du wagonnet en titubant et vidait son estomac sur la plate-forme. Le forain hurla quelque chose que je ne compris pas, poussa Joe dans le dos et l'envoya bouler en bas des marches où il s'étala, le visage dans l'herbe.

La foule fit cercle autour de lui. Un homme mince coiffé d'un large chapeau le compta comme s'il s'agissait d'un boxeur au tapis. Deux gardes écartèrent les curieux en s'aidant de leurs matraques. L'un s'agenouilla à côté de Joe le Dégueulasse pendant que l'autre s'entretenait avec le forain. Celui-ci s'expliqua avec de grands gestes, puis tous deux se tournèrent vers moi. Le forain me désigna, ce qui était d'ailleurs inutile, et le garde sauta à bas de la plate-forme.

« Okay, chef, cria-t-il. Ramène-toi ! »

Je tournai les talons et m'enfuis en courant. J'entendis le garde lancé à ma poursuite tandis que je passais devant un forain interloqué et m'engouffrais dans le Palais des glaces. Je me heurtai aux parois d'un tunnel tournant, je bondis par-dessus une balustrade et je traversai un rideau pour me retrouver face à une image de moi haute d'à peine un mètre.

Miroirs fous, pensai-je cependant que le garde tombait du tunnel, se relevait et tirait sa matraque de sa ceinture.

Miroirs fous, pensai-je, le genre qui déforme les visages, vous rend plus gros, plus mince, plus grand, plus petit. Le genre qui rappelle à l'homme blanc qu'il est le maître de cérémonies, lui qui vous invite à entrer voir la Plus Grosse Femme du Monde, le Garçon à Tête de Chien, l'Indien qui offre en sacrifice un autre Indien comme n'importe quel traité.

Miroirs fous, pensai-je, le genre qui ne peut pas changer le noir de vos yeux, ni le voile qui recouvre les bonnes années de votre passé.

Phoenix, Arizona

Victor venait de perdre son boulot au Bureau des Affaires indiennes quand il apprit que son père était mort d'une crise cardiaque à Phoenix, Arizona. Il n'avait pas vu son père depuis plusieurs années, lui avait seulement parlé deux ou trois fois au téléphone, et pourtant il éprouva une douleur dans ses gènes qui ne tarda pas à se transformer en une douleur aussi réelle et soudaine que celle provoquée par une fracture.

Il n'avait pas d'argent. D'ailleurs, qui en a sur une réserve à part les vendeurs de cigarettes et de feux d'artifice ? Son père possédait un compte de dépôt qui devait lui revenir, mais il lui fallait pour cela trouver le moyen de se rendre à Phoenix. Sa mère était aussi pauvre que lui et le reste de sa famille ne s'intéressait pas le moins du monde à sa personne. Victor appela donc le Conseil tribal.

« Voilà, expliqua-t-il. Mon père vient de mourir et il me faudrait un peu d'argent pour aller à Phoenix prendre les dispositions nécessaires.

— Voyons, Victor, lui répondit-on. Tu sais très bien que nous avons des difficultés financières en ce moment.

— Je croyais pourtant que le Conseil avait des fonds spéciaux pour des trucs comme ça.

— Certes, Victor, nous avons un peu d'argent pour assurer comme il convient le retour de la dépouille mortelle des membres de la tribu, mais nous ne pensons pas en avoir assez pour ramener le corps de ton père d'aussi loin que Phoenix.

— Vous savez, dit Victor, ça ne va pas coûter bien cher. On a dû l'incinérer. Ç'a été plutôt horrible. Il est mort d'une crise cardiaque dans sa caravane et on n'a découvert son cadavre qu'une semaine après. Et en plus, il faisait très chaud. Vous voyez le tableau.

— Eh bien, Victor, nous te présentons toutes nos condoléances, mais il nous est vraiment impossible de te donner plus de cent dollars.

— Ça ne payera même pas le billet d'avion.

— Alors, il faut que tu envisages d'y aller par la route.

— D'abord, je n'ai pas de voiture, et ensuite j'avais l'intention de ramener le pick-up de mon père.

— Mon cher Victor, nous ne doutons pas que quelqu'un acceptera de te conduire à Phoenix. A moins que quelqu'un puisse te prêter le reste de l'argent.

— Vous savez parfaitement que personne ici n'a de quoi.

— Eh bien, nous sommes désolés, mais nous ne pouvons pas faire mieux. »

Victor accepta l'offre du Conseil tribal. Qu'aurait-il pu faire d'autre ? Il signa les papiers requis, prit son chèque et alla l'encaisser au Comptoir.

Pendant qu'il faisait la queue, il vit Thomas Builds-the-Fire qui, près du présentoir à journaux, parlait tout seul. Comme d'habitude. Thomas était un conteur que personne ne voulait écouter. Ce serait un peu comme être dentiste dans une ville où tout le monde aurait des fausses dents.

Victor et Thomas Builds-the-Fire avaient le même âge, avaient grandi et joué dans la boue ensemble. Aussi loin que remontaient les souvenirs de Victor, c'était Thomas qui avait toujours eu quelque chose à dire.

Un jour, alors qu'ils avaient sept ans et que le père de Victor vivait encore avec sa femme et son fils, Thomas avait fermé les yeux et raconté à Victor l'histoire suivante :

« Ton père a le cœur faible. Il a peur de sa famille. Il a peur de toi. Il reste assis dans le noir au milieu de la nuit. Il regarde la télévision jusqu'à ce que l'écran grésille et devienne blanc. Il a parfois envie d'acheter une moto et de partir. Il a envie de fuir et de se cacher. Il ne veut pas qu'on le retrouve. »

Thomas Builds-the-Fire savait que le père de Victor se préparait à partir. Il l'avait su avant tout le monde. Victor, qui se tenait dans le Comptoir, son chèque de cent dollars à la main, se demandait si Thomas savait à présent que son père était mort et s'il savait ce qui allait arriver ensuite.

A cet instant, Thomas regarda Victor, sourit, puis se dirigea vers lui.

« Victor, je suis désolé pour ton père, dit-il.

— Comment tu sais ?

— Le vent me l'a dit. Les oiseaux me l'ont dit. Je l'ai senti dans la lumière du soleil. Et puis ta mère vient de sortir d'ici, elle était en pleurs.

— Oh », fit Victor, promenant son regard autour de lui.

Tous les autres Indiens ouvraient de grands yeux, étonnés que Victor parle à Thomas. En effet, personne ne lui parlait plus, car il ne cessait de raconter tout le temps les mêmes histoires à la con. Victor se sentit embarrassé, mais il songeait que Thomas pourrait peut-être l'aider. Il éprouva le désir soudain de revenir aux traditions.

« Je peux te prêter l'argent dont tu as besoin, déclara Thomas de but en blanc. Mais il faut que tu m'emmènes avec toi.

— Je ne peux pas accepter, dit Victor. Tu comprends, ça fait des années que je ne te parle pratiquement plus. Nous ne sommes plus de véritables amis.

— Je n'ai jamais dit que nous étions amis. Je t'ai juste demandé de m'emmener avec toi.

— Laisse-moi réfléchir. »

Victor rentra chez lui avec ses cent dollars et s'assit à la table de la cuisine. Il se tint la tête entre les mains et pensa à Thomas Builds-the-Fire, se remémorant de petits détails, des larmes et des cicatrices, le vélo qu'ils avaient partagé durant un été, et puis tant d'histoires.

Thomas Builds-the-Fire, assis sur la selle, attend dans le jardin de Victor. Il a dix ans et il est tout maigre. Il a les cheveux sales parce que c'est la fête du 4 Juillet.

« Victor ! crie-t-il. Dépêche-toi ! On va rater le feu d'artifice ! »

Quelques minutes plus tard, Victor sort en courant de la maison, saute par-dessus la balustrade de la véranda et atterrit sur le trottoir avec grâce.

« Et les juges l'ont récompensé par un 9,95, la meilleure note de l'été, dit Thomas, applaudissant en riant.

— C'est parfait, cousin, dit Victor. Et c'est mon tour de prendre le vélo. »

Thomas descend et ils se mettent en route en direction du champ de foire. Il fait presque nuit et le feu d'artifice va commencer.

« Tu sais, dit Thomas, c'est bizarre la manière dont nous, les Indiens, on fête le 4 Juillet. C'est pourtant pas pour notre indépendance à nous que tout le monde se battait.

— Tu penses trop, réplique Victor. On est juste censés s'amuser. Peut-être que Junior y sera.

— Quel Junior ? Tout le monde sur cette réserve s'appelle Junior. »

Ils éclatent de rire.

Le feu d'artifice se limite à quelques fusées et une fontaine, mais pour deux petits Indiens, c'est suffisant. Des années plus tard, ils en exigeront beaucoup plus.

Après, assis dans le noir, luttant contre les moustiques, Victor se tourne vers Thomas Builds-the-Fire.

« Hé, raconte-moi une histoire. »

Thomas ferme les yeux et commence :

« Il était une fois deux garçons indiens qui voulaient devenir des guerriers, mais c'était trop tard pour devenir des guerriers à l'ancienne mode. Tous les chevaux avaient disparu. Alors, les deux Indiens volèrent une voiture et se rendirent en ville. Ils garèrent la voiture volée devant le poste de police et regagnèrent la réserve en stop. A leur retour, tous leurs amis les acclamèrent tandis que les yeux de leurs parents brillaient de fierté. *Vous avez été très braves,* leur dit-on. *Très braves.*

— Ya-hé ! s'écrie Victor. C'est une belle histoire. Je voudrais bien être un guerrier.

— Moi aussi », dit Thomas.

Ils rentrent dans le noir, Thomas à vélo et Victor à pied cette fois-ci. Ils passent de l'obscurité à la lumière des quelques lampadaires.

« On a fait du chemin, dit Thomas. Maintenant on a l'éclairage public.

— Je n'ai besoin que des étoiles, dit Victor. Et puis, tu continues à trop penser. »

Ils se séparent et chacun se dirige vers sa maison en riant.

Victor, assis à la table de la cuisine, compta et recompta ses cent dollars. Il savait qu'il lui fallait davantage pour faire le voyage aller et retour. Il savait qu'il avait besoin de Thomas Builds-the-Fire. Il rangea les billets dans son portefeuille et sortit. Thomas l'attendait sur la véranda.

« Ya-hé, Victor, l'accueillit-il. Je savais que tu m'appellerais. »

Il entra dans le séjour et s'installa dans le fauteuil favori de Victor.

« J'ai quelques économies, annonça-t-il. Assez pour l'aller, mais il faudra que tu assures le retour.

— Moi, j'ai cent dollars, dit Victor. Et mon père avait un compte que j'ai l'intention de récupérer.

— Il avait beaucoup dessus ?

— Assez. Quelques centaines de dollars.

— C'est pas mal. On part quand ? »

A quinze ans, alors qu'ils ne sont plus amis depuis longtemps, Victor et Thomas se battent à coups de poing. C'est-à-dire que Victor, complètement soûl, flanque une trempe à Thomas sans aucune raison. Tous les jeunes Indiens assistent à la scène. Il y a Junior, il y a Lester, et puis Seymour et un tas d'autres. Si ça ne se termine pas par la mort de Thomas, c'est parce que Norma Nombreux Chevaux intervient.

« Hé, les mômes ! crie-t-elle en bondissant hors de sa voiture. Laissez-le tranquille. »

S'il s'agissait de quelqu'un d'autre, même d'un homme, les garçons ignoreraient l'injonction. Mais Norma est une guerrière. Elle est puissante. Elle pourrait empoigner deux jeunes, n'importe lesquels, et fracasser leurs crânes l'un contre l'autre. Ou, surtout, elle pourrait les traîner vers un tipi quelconque et les obliger

à écouter un ancien raconter une vieille histoire poussié-
reuse.

Les jeunes se dispersent, et Norma va relever Thomas.

« Hé, petit homme, ça va ? »

Thomas fait signe que oui.

« Pourquoi ils s'en prennent tout le temps à toi ? »

Il secoue la tête, ferme les yeux, mais aucune histoire
ne lui vient à l'esprit, ni paroles ni musique. Il n'a
qu'une envie : rentrer chez lui, se coucher et laisser ses
rêves raconter ses histoires à sa place.

Thomas Builds-the-Fire et Victor étaient assis l'un à
côté de l'autre dans l'avion, en classe économique. Une
petite femme blanche occupait le siège côté hublot. Elle
tordait son corps qui prenait la forme d'un bretzel. Elle
était flexible.

« Il faut que je lui pose la question », murmura
Thomas.

Victor, gêné, ferma les yeux.

« Non, dit-il.

— Excusez-moi, mademoiselle, demanda quand
même Thomas. Vous êtes gymnaste ou quelque chose
comme ça ?

— Pas quelque chose comme ça, répondit-elle. J'étais
la première remplaçante dans l'équipe olympique de
1980.

— Vraiment ?

— Vraiment.

— Alors, vous étiez une athlète de classe internationale ? fit Thomas.

— Mon mari se l'imagine encore. »

Thomas Builds-the-Fire sourit. Cette femme était également une gymnaste mentale. Elle leva la jambe et la

plaqua contre son corps de sorte qu'elle aurait pu embrasser sa rotule.

« Je voudrais bien pouvoir faire ça », dit Thomas.

Victor était prêt à sauter de l'avion. Thomas, ce cinglé de conteur indien aux vieilles nattes mitées et aux dents cassées, flirtait avec une belle gymnaste olympique. Personne sur la réserve ne le croirait.

« C'est facile, dit la gymnaste. Essayez. »

Thomas empoigna sa jambe et essaya. Le résultat fut si lamentable que Victor et la femme éclatèrent de rire.

« Hé, fit-elle, vous êtes des Indiens, je ne me trompe pas ?

— Non. Et de sang pur, dit Victor.

— Pas moi, affirma Thomas. Je suis moitié magicien du côté de ma mère et moitié clown du côté de mon père. »

Tous trois s'esclaffèrent.

« Comment vous appelez-vous ? demanda la femme.

— Victor et Thomas.

— Moi, c'est Cathy. Enchantée de faire votre connaissance. »

Ils bavardèrent pendant toute la durée du vol. Cathy la gymnaste se plaignit du gouvernement et du tour de cochon qu'il avait joué à l'équipe des Jeux olympiques de 1980 en décrétant le boycott.

« On dirait que vous avez beaucoup de choses en commun avec les Indiens », constata Thomas.

Personne ne rit.

Après l'atterrissage à Phoenix, ils gagnèrent le terminal. Là, Cathy la gymnaste prit congé d'eux avec un sourire.

« Elle était drôlement gentille, dit Thomas.

— Ouais, mais tout le monde se parle à bord d'un avion. Dommage que ça ne puisse pas être tout le temps comme ça.

— Tu me répétais sans arrêt que je pensais trop, dit Thomas. Maintenant, on dirait que c'est toi.

— Tu m'as peut-être contaminé.

— Ouais, peut-être. »

Ils prirent un taxi jusqu'à la caravane où le père de Victor était mort.

Une fois arrivés, Victor déclara :

« Tu sais, je ne t'ai jamais dit que je regrettais de t'avoir cassé la gueule.

— Oh, c'était rien. On n'était que des gosses et t'étais soûl.

— Ouais, mais n'empêche que je regrette.

— Bon, bon. »

Victor paya le taxi et les deux Indiens se retrouvèrent sous le chaud soleil estival de Phoenix devant la caravane d'où s'échappaient des relents nauséabonds.

« Ça ne va pas être particulièrement agréable, dit Victor. T'es pas forcé d'entrer.

— Tu vas avoir besoin d'aide. »

Victor ouvrit la porte. La puanteur qui les assaillit leur donna des haut-le-cœur. Le cadavre était resté là une semaine entière par une température qui frisait les quarante degrés avant qu'on ne le découvre. Et si on l'avait découvert, c'était uniquement à cause de l'odeur. Il avait fallu recourir à l'étude de ses empreintes dentaires pour l'identifier. C'était exactement ce que le médecin légiste avait dit. Qu'il avait fallu recourir aux empreintes dentaires.

« Oh ! là ! là ! dit Victor. Je ne sais pas si je vais pouvoir faire ça.

— Alors, le fais pas.

— Mais il y a peut-être des choses de valeur à l'intérieur.

— Je croyais que l'argent était à la banque.

— Oui, mais je pensais à des photos, des lettres, des trucs comme ça.

— Oh », fit Thomas qui, retenant sa respiration, suivit Victor dans la caravane.

A douze ans, Victor marche sur un nid de guêpes creusé dans le sol. Son pied reste coincé dans le trou et, en dépit de tous ses efforts, il ne parvient pas à se dégager. Il aurait pu mourir sur place, victime de milliers de piqûres, si Thomas Builds-the-Fire n'était passé par là.

« Fonce ! » crie-t-il alors en libérant le pied de Victor.

Les deux garçons courent à perdre haleine, plus vite qu'ils n'ont jamais couru, plus vite que le coureur indien Billy Mills, plus vite que le footballeur indien Jim Thorpe, plus vite que les guêpes ne peuvent voler.

Victor et Thomas courent jusqu'à avoir les poumons en feu, jusqu'à ce qu'il fasse froid dans la nuit tombante, jusqu'à ce qu'ils soient perdus et qu'il leur faille des heures pour retrouver leur chemin. Et pendant ce temps-là, Victor compte ses piqûres.

« Sept, dit-il. Mon chiffre porte-bonheur. »

Victor ne trouva pas grand-chose dans la caravane. Juste un album de photos et une stéréo. Tout le reste était imprégné de cette odeur atroce ou bien était sans valeur.

« Je crois que c'est tout, dit Victor. C'est maigre.

— C'est toujours mieux que rien, dit Thomas.

— Ouais, et puis j'ai le pick-up.

— Ouais, et puis il est en bon état.

— Papa se débrouillait bien avec la mécanique.

— Ouais, je me souviens de lui.

— Vraiment ? Et de quoi tu te souviens ? » demanda Victor.

Thomas Builds-the-Fire ferma les yeux et raconta l'histoire suivante :

« Je me souviens d'avoir fait ce rêve qui me disait d'aller à Spokane, de me tenir à côté des chutes qui se trouvent au centre de la ville et d'attendre un signe. Je savais qu'il fallait que j'y aille, mais je n'avais pas de voiture. Ni de permis de conduire. Je n'avais que treize ans. Alors, j'ai fait le chemin à pied. Ça m'a pris toute la journée. J'ai attendu près des chutes pendant une heure. Et puis ton père est arrivé. *Qu'est-ce que tu fous là ?* m'a-t-il demandé. *J'attends une vision,* j'ai répondu. Alors ton père m'a dit : *Tout ce qui t'attend, c'est de te faire agresser.* Là-dessus, il m'a fait monter dans sa voiture et m'a payé à dîner chez Denny avant de me ramener à la maison sur la réserve. Longtemps, j'ai été furieux parce que je croyais que mes rêves m'avaient menti, mais j'avais tort. Ma vision, c'était ton père. *Il faut s'entraider,* voilà ce que mes rêves disaient. *Il faut s'entraider.* »

Victor demeura un long moment silencieux. Il fouilla sa mémoire à la recherche de souvenirs de son père, en trouva de bons, en trouva quelques mauvais, fit le total, puis sourit.

« Il ne m'a jamais dit qu'il t'avait rencontré à Spokane, déclara-t-il enfin.

— Il m'avait promis de ne le raconter à personne. Il ne voulait pas me créer d'ennuis. En échange, je devais veiller sur toi.

— Sérieusement ?

— Ouais. Il disait que tu allais avoir besoin d'aide, et il ne se trompait pas.

— C'est pour ça que t'es venu ici avec moi, c'est ça ? demanda Victor.

— Je suis venu pour ton père. »

Ils grimpèrent dans le pick-up, se rendirent à la banque et réclamèrent les trois cents dollars qu'il y avait sur le compte du père de Victor.

Thomas Builds-the-Fire sait voler.

Il saute du toit de l'école tribale et bat des bras comme un aigle pris de folie. Et il vole. Une fraction de seconde, il plane, suspendu dans les airs au-dessus de tous les autres petits Indiens trop malins ou trop peureux pour l'imiter.

« Il vole ! » s'écrie Victor pendant que Seymour cherche les fils ou les miroirs cachés.

Mais il n'y a pas de trucage. C'est réel, aussi réel que la poussière que soulève Thomas quand, après avoir perdu de l'altitude, il s'écrase au sol.

Il se casse le bras à deux endroits.

« Il s'est cassé une aile », psalmodie Victor.

Les autres garçons indiens se joignent à lui et en font un chant tribal.

« Il s'est cassé une aile, il s'est cassé une aile, il s'est cassé une aile », chantent-ils en s'enfuyant et en battant des bras dans l'espoir de s'envoler à leur tour.

Ils détestent Thomas pour son courage, pour le bref instant où il a été un oiseau. Tout le monde rêve de voler. Thomas, lui, l'a fait.

L'un de ses rêves s'est réalisé l'espace d'une seconde, et cela a suffi pour qu'il devienne réalité.

Comme le père de Victor, ou du moins ses cendres, ne tenait pas tout à fait dans une boîte en bois, il fallut ajouter un carton.

« Il a toujours occupé beaucoup de place », dit Thomas.

Victor porta une partie de son père dans le pick-up, tandis que Thomas se chargeait de l'autre. Ils le rangèrent soigneusement derrière les sièges puis, les choses étant ce qu'elles sont, ils posèrent un chapeau de cowboy sur la boîte en bois et une casquette des Dodgers sur le carton.

« Prêt à partir ? demanda Victor.

— La route va être longue.

— Ouais, deux jours, peut-être.

— On peut se relayer, suggéra Thomas.

— D'accord », dit Victor.

De fait, il conduisit seize heures d'affilée, cap au nord, et ce n'est qu'arrivé au milieu du Nevada qu'il finit par s'arrêter.

« Hé, Thomas, dit-il. Faudrait que tu conduises un peu.

— Okay. »

Thomas Builds-the-Fire prit sa place et démarra. Pendant la traversée du Nevada, ils avaient été surpris par l'absence de vie animale, l'absence d'eau et l'absence de mouvement.

« Où est-ce que tout a disparu ? » s'était plus d'une fois étonné Victor.

Maintenant que Thomas était enfin au volant, ils aperçurent leur premier animal, peut-être le seul du Nevada. Un lièvre à grandes oreilles.

« Regarde ! s'écria Victor. Il est vivant ! »

Ils se félicitaient de leur découverte quand le lièvre bondit et traversa la route juste sous les roues du pickup.

« Freine ! » hurla Victor.

Thomas pila et recula, dévoilant le cadavre du lièvre.

« Oh, il est mort, constata Victor, regardant l'animal écrasé.

— Oui, vraiment mort.

— La seule chose vivante sur le territoire de cet Etat et on le tue.

— Je ne suis pas sûr, dit Thomas. Je crois que c'était un suicide. »

Victor promena son regard sur le désert qui les entourait, huma l'atmosphère, sentit le vide et la solitude, puis il hocha la tête.

« Ouais, conclut-il. Ça ne pouvait être qu'un suicide.

— Je n'arrive pas à le croire, dit Thomas. Tu conduis pendant mille cinq cents kilomètres et y a même pas un insecte écrasé sur le pare-brise. Je conduis dix secondes et je tue le seul être vivant de tout le Nevada.

— Ouais, dit Victor. Peut-être que je ferais mieux de reprendre le volant.

— Oui, peut-être. »

Thomas Builds-the-Fire arpente les couloirs de l'école tribale. Il est seul. Tout le monde l'évite à cause des histoires qu'il raconte.

Il ferme les yeux et l'histoire suivante lui vient à l'esprit :

« Nous recevons tous une chose qui sert de mesure à notre vie, une direction. Moi, j'ai reçu les histoires qui peuvent ou ne peuvent pas changer le monde. Peu importe l'un ou l'autre tant que je peux continuer à les raconter. Mon père est mort à Okinawa au cours de la Seconde Guerre mondiale, mort en se battant pour ce pays qui a essayé de le tuer pendant des années. Ma mère est morte en me donnant la vie, morte alors que j'étais encore en elle. Elle m'a poussé dans le monde avec son dernier souffle. Je n'ai ni frères ni sœurs. Je n'ai que mes histoires que j'ai reçues avant même d'avoir les mots pour les dire. J'ai appris mille histoires avant de faire mes mille premiers pas. Elles sont tout ce que j'ai. Elles sont tout ce que je sais faire. »

Thomas Builds-the-Fire raconte ses histoires à tous ceux qui s'arrêtent pour l'écouter. Et il continue à les raconter longtemps après que les gens ont cessé d'écouter.

Victor et Thomas arrivèrent sur la réserve au moment précis où le soleil se levait. C'était l'aube d'un nouveau jour sur terre, mais c'était toujours la même merde sur la réserve.

« Bonjour, dit Thomas.

— Bonjour. »

La tribu se réveillait, se préparait à partir travailler, prenait le petit déjeuner, lisait le journal, bref, faisait comme tout le monde. Willene LeBret était dans son jardin en peignoir. Elle agita la main au passage de Thomas et de Victor.

« Ces cinglés d'Indiens ont réussi », dit-elle à voix haute avant de retourner à ses roses.

Victor gara le pick-up devant la maison gouvernementale de Thomas Builds-the-Fire. Ils bâillèrent, s'étirèrent un peu, secouèrent la poussière dont ils étaient couverts.

« Je suis fatigué, dit Victor.

— De tout », ajouta Thomas.

L'un comme l'autre cherchèrent des paroles pour marquer la fin du voyage. Victor avait besoin de remercier Thomas pour son aide et pour l'argent, puis de promettre de le rembourser.

« T'en fais pas pour ça, dit Thomas. Ça n'a pas d'importance.

— Sans doute pas, pas vrai ?

— Vrai. »

Victor savait que Thomas resterait le même cinglé de

conteur qui parlait aux chiens et aux chats, qui écoutait le vent et les pins. Il savait qu'il ne pourrait pas redevenir ami avec lui, même après ce qu'ils venaient de vivre. C'était cruel, mais réel. Aussi réel que les cendres, aussi réel que le père de Victor installé derrière les sièges.

« Je sais ce que c'est, dit Thomas. Je sais que tu ne me traiteras pas mieux qu'avant. Je sais que sinon tes copains te feraient trop chier. »

Victor avait honte de lui. Qu'étaient devenus les liens tribaux, le sens de la communauté ? La seule réalité qu'il partageait avec les autres, c'était une bouteille et des rêves brisés. Il avait une dette à l'égard de Thomas.

« Tiens, dit-il en lui tendant le carton qui contenait la moitié de son père. Je veux que tu prennes ça. »

Thomas prit les cendres et sourit, puis il ferma les yeux et raconta cette histoire :

« Je vais aller une dernière fois aux chutes de Spokane et disperser les cendres dans l'eau. Ton père renaîtra sous la forme d'un saumon, il sautera par-dessus le pont, par-dessus moi, et trouvera le chemin jusque chez lui. Ce sera beau. Ses dents brilleront comme de l'argent, comme un arc-en-ciel. Il renaîtra, Victor, il renaîtra. »

Victor sourit.

« J'avais l'intention de faire pareil avec ma moitié, dit-il. Mais je n'imaginais pas mon père sous l'apparence d'un saumon. Je pensais que tout ça ressemblerait plutôt à quelque chose comme ranger le grenier, laisser les choses à l'abandon une fois qu'elles ont arrêté de servir.

— Rien ne s'arrête, cousin, dit Thomas. Rien ne s'arrête. »

Thomas Builds-the-Fire descendit du pick-up et s'engagea dans son allée. Victor démarra pour prendre le chemin de chez lui.

« Une seconde ! lui cria soudain Thomas depuis sa véranda. J'ai une faveur à te demander. »

Victor freina, se pencha par la vitre et cria à son tour :
« Quoi donc ?

— Un jour où je raconterai une histoire, je voudrais
que tu t'arrêtes pour écouter, dit Thomas.

— Rien qu'une fois ?

— Oui, rien qu'une fois. »

Victor fit signe que c'était d'accord. C'était un marché
honnête et, de toute sa vie, Victor n'avait jamais aspiré
qu'à ça. Il rentra chez lui au volant du pick-up de son
père, tandis que Thomas refermait la porte derrière lui
et, dans le silence qui suivit, entendait naître en lui une
nouvelle histoire.

Le Palais des glaces

Dans la caravane au bord de Tshimikain Creek, où mes cousins et moi on s'amusait autrefois comme des fous à se rouler dans la boue, ma tante attendait. Pour passer le temps elle cousait, confectionnait de magnifiques vêtements en peau de daim que personne n'avait les moyens d'acheter. Un jour, elle fit une longue robe brodée de perles trop lourde pour que quiconque puisse la porter.

« C'est comme l'épée prisonnière de la pierre, dit-elle. S'il se présente une femme capable de supporter le poids de cette robe, on aura trouvé celle qui nous sauvera tous. »

Un matin, elle cousait pendant que son fils et son mari regardaient la télévision. Tout était si calme qu'au moment où son fils lâcha un énorme pet, une souris, cachée sous la chaise devant la machine à coudre, sursauta et se réfugia droit dans la jambe du pantalon de ma tante.

Celle-ci bondit sur ses pieds, fourra la main dans son pantalon, le déboutonna, voulut le baisser, mais il resta coincé autour de ses hanches.

« Au secours ! au secours ! criait-elle pendant que son mari et son fils, écroulés par terre, se tordaient de rire.

— Enlevez-la ! enlevez-la ! hurlait-elle tandis que son mari se précipitait enfin et tapait sur ses jambes en essayant d'écraser la souris.

— Pas comme ça ! pas comme ça ! » ne cessait de répéter ma tante d'une voix hystérique.

Le bruit, les rires et les larmes ne firent qu'effrayer davantage la souris qui débola de la jambe de pantalon, fila par la porte et disparut dans les champs.

Après quoi, ma tante remonta son pantalon tout en maudissant son fils et son mari.

« Pourquoi vous ne m'avez pas aidée ? » demanda-t-elle.

Son fils ne parvenait pas à retrouver son sérieux.

Entre deux hoquets de rire, son mari dit :

« Je parie qu'en grimpant dans la jambe de ton pantalon, la souris se disait : *Qu'est-ce que c'est que ces nouvelles souricières qu'ils ont maintenant ?*

— Ouais, réussit à bégayer le fils. Et arrivée là-haut, elle a dû penser : *C'est la plus moche des souricières que j'aie jamais vues.*

— Vous allez enfin arrêter tous les deux ! cria ma tante. Vous avez perdu la tête ou quoi ?

— Calme-toi, dit mon oncle. On ne fait que te taquiner.

— Vous n'êtes que des salauds et des ingrats, répliqua-t-elle. Où est-ce que vous seriez si je ne vous faisais pas la cuisine ? si mon pain frit ne remplissait pas vos putains de ventres tous les soirs ?

— Voyons, maman, je plaisantais.

— Tu parles, fit-elle. Et moi aussi je plaisantais quand je t'ai mis au monde. Regarde-toi. Trente ans, pas de travail, à ne rien faire de tes journées sinon te soûler. T'es bon à quoi ?

— Ça suffit ! cria son mari.

— Ça ne suffit jamais. »

Ma tante sortit et, dans le soleil, scruta le ciel à la recherche d'un prédateur, n'importe lequel. Elle espérait qu'un faucon ou un hibou repérerait la souris et qu'un ptérodactyle s'emparerait de son mari et de son fils.

De la nourriture pour oiseaux, songeait-elle. *Ils feraient de l'excellente nourriture pour oiseaux.*

Ma tante et son mari dansaient dans le noir. Il y a trente ans, ils dansaient le pas de deux dans un bar indien à cow-boys. Tant d'Indiens rassemblés en un seul lieu, et c'était beau à l'époque. En ce temps-là, ils n'avaient à affronter que le trajet de retour après l'heure de la fermeture.

« Hé ! Nezzy, cria quelqu'un à ma tante. T'écrases toujours les orteils ? »

Elle sourit, puis elle rit. C'était une formidable danseuse et elle avait donné des leçons à l'Atelier de danse Arthur Murray pour payer ses études. Elle avait également été danseuse aux seins nus dans un bar de Seattle afin de remplir le ventre de son enfant.

Il existe toutes sortes de danses.

« Tu m'aimes ? » demanda-t-elle à son mari.

Il sourit. Il la serra plus étroitement contre lui. Ils continuèrent à danser.

Après la fermeture, ils rentrèrent chez eux par les petites routes.

« Fais attention, dit ma tante. T'as trop bu ce soir. »

Il sourit. Il appuya sur le champignon. Le pick-up tangua sur le chemin de terre, prit un virage sur deux roues, effectua un tonneau et termina sa course dans le fossé.

Ma tante s'extirpa du véhicule accidenté, le visage

couvert de sang, et s'assit sur le bas-côté. Son mari avait été éjecté et gisait au milieu de la route.

« Mort ? Etourdi ? Evanoui ? » se demanda ma tante à haute voix.

Peu de temps après, une autre voiture arriva et s'arrêta. On enveloppa la tête de ma tante dans une vieille chemise et on chargea son mari sur la banquette arrière.

« Il est mort ? demanda ma tante.

— Non, non, il s'en tirera. »

Ils se rendirent ainsi à l'hôpital tribal. Ma tante saignait, mon oncle cuvait, atteint d'une légère commotion cérébrale. On le garda en observation jusqu'au matin. Ma tante passa la nuit à côté de lui sur un lit de camp. Elle laissa la télévision allumée, mais sans le son.

Au lever du jour, elle secoua son mari pour le réveiller.

« Hein ? quoi ? fit-il, complètement perdu. Où suis-je ?

— A l'hôpital.

— Encore ?

— Ouais, encore. »

Trente ans après, ils n'avaient toujours pas réglé la note pour services rendus.

Ma tante descendit son chemin de terre jusqu'à ce que la tête lui tourne. Elle marcha jusqu'à la berge de Tshimikain Creek. L'eau était brunâtre, sentait vaguement la charogne et l'uranium. Il y a des années, mes cousins et moi plongions dans ces eaux pour ramasser des pierres de couleur sur le lit boueux de la rivière, des pierres dont on faisait des tas sur le bord. Ma tante se tenait près de l'un de ces monuments ordinaires de l'enfance. Elle souriait un peu, pleurait un peu.

« Une crétine de souris qui flanque la pagaille dans toute une foutue maison », murmura-t-elle.

Elle se déshabilla, garda ses chaussures pour plus de sûreté, puis plongea nue dans la rivière. Elle souleva une grande éclaboussure et se mit à patauger en poussant des cris de joie. Elle ne savait pas nager, mais l'eau ne lui arrivait qu'aux hanches. Quand elle s'asseyait, elle lui arrivait juste sous le menton, si bien qu'au moindre mouvement, elle avalait une gorgée d'eau.

« Je vais sans doute être malade, dit-elle, éclatant de rire au moment où son mari et son fils accouraient, hors d'haleine.

— Qu'est-ce que tu fabriques ? demanda son mari.

— Je nage.

— Mais tu ne sais pas nager !

— Maintenant, si.

— Sors de là avant de te noyer ! Et mets-toi quelque chose sur le dos !

— Je sortirai quand je voudrai, dit ma tante qui, pour la première fois, fit la planche.

— Arrête ! s'écria son fils. Si quelqu'un te voyait ?

— Ça m'est égal. Qu'ils aillent tous au diable et vous deux, vous pouvez prendre le volant des bus pour les y conduire ! »

Son mari et son fils levèrent les bras en l'air en signe d'impuissance, puis ils repartirent.

« Et vous pouvez aller vous-mêmes préparer vos putains de dîners ! » leur cria-t-elle alors qu'ils s'éloignaient sans se retourner.

Elle flotta ainsi sur l'eau pendant des heures, jusqu'à ce que sa peau se ratatine et que ses oreilles s'emplissent d'eau. Elle garda les yeux fermés et entendit à peine son mari et son fils qui venaient de temps en temps la supplier de sortir.

« Une crétine de souris qui flanque la pagaille dans toute une foutue maison. Une crétine de souris qui flanque la pagaille dans toute une foutue maison », leur chantait-elle sur le ton d'une comptine, telle une Mère l'Oie de la réserve.

La salle de travail ressemblait à une maison de fous, à un Palais des glaces. Le médecin du dispensaire indien n'arrêtait pas de crier après les infirmières :

« Nom de Dieu ! c'est la première fois que je fais ça. Il faut que vous m'aidiez ! »

Ma tante était consciente, et trop près d'accoucher pour qu'on lui donne des analgésiques, et elle criait juste un ton au-dessus du médecin :

« Merde, merde, putain de merde ! hurlait-elle en agrippant les infirmières, les médecins, et en ruant dans les étriers. Ça fait mal, ça fait mal, ça fait mal ! »

L'enfant apparut enfin et faillit glisser des mains du médecin qui le rattrapa par une cheville.

« C'est un garçon, dit-il. Ouf. »

Une infirmière s'empara du nouveau-né, le mit la tête en bas pour lui dégager la bouche et l'essuya. Ma tante prit son fils la tête en bas et une seule question lui vint à l'esprit : *Est-ce qu'il aimera les patates ?*

Pendant qu'elle serrait son bébé contre sa poitrine, le médecin lui ligatura les trompes en vertu de l'autorisation que ma tante avait signée, car on lui avait fait croire qu'il s'agissait d'un document prouvant son statut d'Indienne aux yeux du Bureau des Affaires indiennes.

« Comment allez-vous l'appeler ? lui demanda une infirmière.

— Patates, répondit-elle. Ou peut-être Albert. »

Quand le soleil se coucha et que le froid se fit trop vif, ma tante abandonna enfin les eaux de Tshimikain Creek, passa ses vêtements sur son corps mouillé et las, puis remonta le chemin qui menait jusque chez elle. Elle regarda les lumières qui brillaient aux fenêtres, écouta les chiens qui aboyaient stupidement et comprit que les choses devaient changer.

Elle entra, ne dit pas un mot à son mari et à son fils abasourdis, et enfila la lourde robe de perles par-dessus sa tête. Ses genoux fléchirent et elle vacilla sous le poids de la robe. Puis elle tomba.

« Non », dit-elle pour arrêter son mari et son fils qui se précipitaient pour l'aider.

Elle se releva, flageolante, mais elle eut assez de forces pour faire un premier pas, suivi d'un deuxième, plus rapide celui-là. Elle entendit les tambours, elle entendit les chants. Elle dansa.

Et, cependant qu'elle dansait ainsi, elle sut que les choses commençaient à changer.

Tout ce que je voulais c'était danser

Victor dansait avec une Lakota dans un bar du Montana. Il ignorait pourquoi il se trouvait là et ne se souvenait même pas comment il y était arrivé. La seule chose qu'il savait, c'est qu'il dansait avec la centième femme le centième jour, depuis que la Blanche qu'il aimait l'avait quitté. Danser était sa compensation, sa confession, son plus grand péché et sa pénitence.

« Tu es belle, dit-il à la Lakota.

— Et toi, tu es soûl », répliqua-t-elle.

C'était vrai qu'elle était belle avec ses yeux et ses cheveux si noirs et si longs. Il se la représentait comme une éclipse sur une réserve. Une éclipse totale. Il lui fallait des lunettes spéciales pour la regarder. Il pouvait à peine survivre à son éclat.

« Tu es une constellation, dit-il.

— Et toi, tu es complètement soûl », répliqua-t-elle.

Et puis elle disparut et il éclata de rire, dansant tout seul dans le bar. Il avait envie de chanter, mais il ne se rappelait aucune parole. Il était ivre, abîmé par le bourbon, brutal. Ses cheveux étaient électriques.

« J'ai déclenché la Première Guerre mondiale, cria-t-il. J'ai abattu Lincoln. »

Plongé dans son ivresse, il contemplait les visages de

son passé qui surnageaient. Il reconnut Neil Armstrong et Christophe Colomb, sa mère et son père, James Dean, Sal Mineo, Natalie Wood. Il tituba, s'écroula contre d'autres danseurs, se retrouva sur la banquette arrière d'une Coccinelle qui cahotait sur les chemins de terre d'une réserve.

« Où on est ? demanda-t-il au Flathead aux nattes démentielles qui conduisait.

— Sur la route d'Arlee, cousin. Tu voulais faire une balade en voiture.

— Merde, tout ce que je voulais, c'était danser. »

Au bord de la rivière. Elle se tenait au bord de la rivière. Elle dansait sans bouger. Au bord de la rivière. Elle n'était pas précisément belle. Elle était comme un miroitement dans le lointain. Elle était si blanche qu'elle lui faisait mal aux yeux. Des yeux de la réserve.

« Hé, lui demanda Victor. T'as jamais entendu parler de Custer ?

— Et toi, t'as jamais entendu parler de Crazy Horse ? »

Dans son souvenir, elle était de toutes les couleurs, mais la seule qui comptait, c'était le blanc. Et puis elle disparut. L'absence n'a pas de couleur. Parfois, il se regardait dans la glace, se frottait le visage, tirait sur ses paupières et sur sa peau. Il se tressait des nattes et se pardonnait. La nuit, ses jambes lui faisaient mal et il se penchait sous les couvertures pour toucher ses cuisses, fléchir ses muscles. Il ouvrait les yeux, mais dans le noir, il ne voyait que le réveil digital posé sur le carton de lait à côté du lit. Il était tard, il était tôt le matin. Il gardait les yeux ouverts jusqu'à ce qu'ils s'accoutument à l'obscurité, jusqu'à ce qu'il distingue de vagues images de la chambre. Puis il regardait de nouveau le réveil. Quinze minutes avaient passé, l'aube était proche et il n'avait pas encore dormi.

Il découpait son insomnie en minutes. *Dix minutes, se disait-il. Dans dix minutes, je dors. Sinon je me lève et j'allume la lumière. Pour lire un livre, peut-être.*

Dix minutes s'écoulaient et il faisait de nouvelles promesses. *C'est sans espoir. Si dans une demi-heure je ne dors pas, je sors du lit et je prépare le petit déjeuner. Je regarderai le soleil se lever. Vide.*

Lorsque l'aurore s'annonçait enfin, il restait allongé quelques minutes encore, se passait la langue sur les dents. Il avançait la main et touchait l'autre côté du lit. Personne n'était censé être là. Il étendait juste le bras. Puis il se levait d'un bond, prenait une douche, se rasait et s'installait à la table de la cuisine avec son café et son journal. Il lisait les gros titres, quelques offres d'emploi, en encerclait parfois une.

« Bonjour, disait-il à voix haute, puis, plus fort : Bonjour. »

« Les gens changent », dit-elle à Victor.

Il étudia son visage pendant qu'elle parlait et ses mains pendant qu'elle lui effleurait le bras.

« Je ne savais pas », dit-il.

Ses mains étaient blanches et petites. Il se rappelait combien elles paraissaient blanches et petites sur sa peau brune quand ils étaient couchés l'un pres de l'autre, enroulés dans les draps. Elle s'endormait facilement et il la regardait, écoutait sa respiration jusqu'à ce que la sienne adopte le même rythme, jusqu'à ce qu'il s'endorme à son tour.

« Ça me manque de ne plus te regarder dormir, dit-il.

— Tu sais, en ce moment c'est de la folie. L'autre

jour j'ai été à une soirée et quelqu'un avait de la cocaïne, tu vois ? Elle était là et j'ai bien aimé.

— La sniffer, tu veux dire ?

— Non, non. Juste être là. Et puis j'ai dansé. Il y avait de la musique et les gens dansaient dehors au bord de la piscine. Alors, moi aussi j'ai dansé. »

Il la dévisagea. Elle sourit et écarta une mèche qui lui tombait dans les yeux.

« Mon Dieu, dit-elle, je pourrais devenir dépendante de la cocaïne, tu sais ? Je pourrais vraiment aimer ça. »

Victor but son café à petites gorgées prudentes, bien qu'il fût tiède. Il avait les yeux fixés sur la fenêtre, sur le soleil qui se levait. La tête lui tournait et il n'osa pas quitter sa chaise par crainte de tomber. Ses yeux étaient lourds, douloureux.

« Aujourd'hui, dit-il à sa tasse de café, je vais courir. »

Il s'imagina enfiler un short et des tennis, étirer ses muscles sur la véranda de derrière avant de partir à petites foulées dans le petit matin. Trois ou peut-être quatre kilomètres et puis retour à la maison. Quelques abdominaux et quelques pompes pour se détendre, et puis un toast sans rien dessus pour se remettre l'estomac en place. De fait, il se contenta de finir son café et d'allumer la télévision. Il zappa avant de s'arrêter sur un visage qui lui plaisait. Une jolie blonde donnait les informations locales. Il coupa le son et regarda sa bouche former des mots silencieux.

Elle ne tarda pas à être remplacée par d'autres visages, des reporters à l'air las et aux cheveux ébouriffés par le vent, un incendie de forêt, une nouvelle guerre. C'était toujours pareil. Dans le temps, il avait un téléviseur en noir et blanc. Il estimait que tout était plus clair à l'époque. La couleur compliquait même les événements les plus insignifiants. La publicité pour une nouvelle barre de chocolat lui parut si violente avec ses couches bigarrées qu'il se précipita dans la salle de bains pour vomir.

Aujourd'hui, il buvait cependant son café nature. Les autres fois, il ajoutait une rasade de vodka.

« Merde ! jura-t-il à haute voix. Y a rien de plus triste qu'un Indien sobre. »

Victor danse la danse Fantaisie. Agé de huit ou neuf ans, il danse dans le même costume que son père portait quand il était enfant. Les plumes sont génétiques. Son père les lui a transmises tout comme il lui a transmis la forme de son visage.

Tambours.

Il promène son regard sur la foule pour savoir si elle apprécie, voit son père et sa mère. Il les salue de la main et ils lui répondent de même. Sourires. Sourires indiens. Ils sont tous les deux soûls. Tout est familier, à sa place. Tout est beau.

Tambours.

Après la danse, de retour au camp, il mange du pain frit avec trop de beurre et boit un Pepsi qui sort de la glacière. Le Pepsi est à moitié gelé et les petits cristaux de glace lui agacent les dents.

« Vous avez vu Victor danser ? » demande sa mère à tout le monde.

Elle parle fort, elle est ivre, elle titube.

Ils acquiescent tous d'un signe de tête. Cette façon de danser n'est pas nouvelle. Son père s'écroule ivre mort sous la table de pique-nique et, un peu plus tard, sa mère se glisse en dessous, prend son mari dans ses bras et s'écroule à son tour. Bien sûr, ils s'aiment.

Tambours.

Victor était de nouveau soûl.

Une nuit dans le bar au plancher de sapin elle voulait danser, tandis que lui il voulait boire et soulager ce tiraillement dans sa gorge et dans son ventre.

« Viens, t'as assez bu, dit-elle.

— Une dernière bière et on rentre. »

C'était comme ça. Il croyait qu'une dernière bière pourrait sauver le monde. Une dernière bière et tous les fauteuils seraient confortables. Une dernière bière et l'ampoule de la salle de bains ne claquerait jamais. Une dernière bière et il l'aimerait toujours. Une dernière bière et il signerait n'importe quel traité pour elle.

A la maison, dans le noir, ils se battaient et donnaient des coups de pied dans les draps, partout. Elle attendait qu'il s'écroule. Il buvait énormément, mais n'était jamais ivre mort. Il fondait en larmes.

« Merde, disait-il. Je hais ce putain de monde.

— Dors. »

Il fermait les yeux. Il mettait la stéréo à fond. Il cognait dans le mur mais jamais assez fort pour se faire mal.

« Rien ne marche. Rien ne marche. »

Le lendemain matin, il feignait de dormir pendant qu'elle s'habillait pour passer chez elle et aller travailler. Le lendemain matin, elle s'arrêtait sur le seuil avant de partir et se demandait si cette fois c'était pour de bon.

Un matin, ce fut pour de bon.

Parfois, Victor travaillait.

Il conduisait la benne à ordures pour le compte du Bureau des Affaires indiennes. Il préparait des hamburgers au café tribal. Les jours de paie, le portefeuille bourré de billets, il entrait au Comptoir et se plantait devant l'armoire réfrigérée des bières.

« Depuis combien de temps il est là ? demandait Phyllis à Seymour.

— Certains prétendent que ça fait des heures. La femme au porte-musique dit qu'il est là depuis toujours. Moi, je crois que ça fait au moins cinq siècles. »

Un jour, Victor acheta une caisse de Coors Light et roula pendant des kilomètres et des kilomètres avec les bouteilles posées sur le siège à côté de lui. Il en ouvrait une, portait le goulot froid à ses lèvres et sentait son cœur s'accélérer, mais, incapable de boire, il jeta l'une après l'autre par la vitre les vingt-quatre cannettes pleines.

Les petites explosions, le verre qui volait en éclats, voilà comment il mesurait le temps.

Victor regarda le matin arriver et partir. Il avait les mains gelées. Il les pressa contre le carreau et attendit qu'un peu de chaleur se diffuse. Il était de retour sur la réserve depuis cent jours après être resté quarante ans perdu dans le désert. Mais il n'allait sauver personne. Peut-être pas même lui.

Il ouvrit la porte pour regarder tourner le monde. Il s'avança sur la véranda et sentit l'air froid. Demain, il courrait. Il serait le héros de quelqu'un. Demain.

Il compta sa monnaie. Assez pour acheter au Comptoir une bouteille de vin Annie Green Springs. Il descendit la colline, entra dans le magasin, s'empara sans hésitation de la bouteille, paya avec des *nickels* et des *cents*, puis se dirigea vers le parking. Il sortit le vin du sac en papier, fit sauter le cachet et dévissa la capsule.

Bon Dieu ! il voulait boire au point que son sang puisse endormir la tribu entière.

« Hé, cousin, faut le laisser aérer un peu. »

Un Indien inconnu sauta de son pick-up et, un sourire aux lèvres, s'avança vers Victor.

« Qu'est-ce que t'as dit ? lui demanda celui-ci.

— J'ai dit qu'il fallait le laisser aérer un peu. »

Victor contempla sa bouteille ouverte, puis la tendit à l'inconnu avec un signe intertribal.

« Tu veux boire la première gorgée, cousin ?

— Si ça te dérange pas, avec plaisir. »

L'homme but longuement tandis que sa pomme d'Adam montait et descendait comme un piston. Après quoi, il essuya le goulot et repassa la bouteille à Victor en disant :

« Aujourd'hui, c'est mon anniversaire.

— Ça te fait combien ?

— Trop. »

Ils éclatèrent de rire.

Victor contempla de nouveau la bouteille, puis la tendit de nouveau à l'inconnu avec cette fois un signe personnel.

« Bois un coup pour fêter ça.

— Putain ! t'es un ivrogne généreux, pas vrai ?

— Trop. »

Ils éclatèrent de rire.

L'Indien inconnu vida d'une seule gorgée la moitié de la bouteille. Il la rendit à Victor en souriant.

« T'es de quelle tribu, cousin ? demanda Victor.

— Cherokee.

— Sérieusement ? Merde, j'avais jamais rencontré un vrai Cherokee.

— Moi non plus. »

Ils éclatèrent de rire.

Victor contempla une troisième fois la bouteille avant de la repasser à l'Indien inconnu.

« Garde-la, dit-il. Tu la mérites plus que moi.

— Merci, cousin. J'ai la gorge sèche, tu sais ?

— Ouais, je sais. »

Victor serra la main de l'Indien inconnu, lui fit un grand sourire, puis s'éloigna. Il regarda l'heure au soleil, vérifia sur sa montre.

« Hé ! cousin ! lui cria l'Indien inconnu. Tu connais la différence entre un vrai et un faux Indien ?

— Non.

— Eh bien, le vrai Indien a des ampoules aux pieds et le faux des ampoules au cul. »

Ils éclatèrent de rire. Et Victor riait encore tandis qu'il marchait sur la route. Demain peut-être qu'il marcherait sur une autre route et demain peut-être qu'il danserait. Demain Victor danserait peut-être.

Oui, Victor danserait.

Le procès de Thomas Builds-the-Fire

> « On avait sûrement calomnié Joseph K.,
> car, sans avoir rien fait de mal, il fut arrêté
> un matin. »
>
> FRANZ KAFKA (trad. A. VIALATTE)

Thomas Builds-the-Fire attendait seul dans la cellule de détention tribale, tandis que les officiels du Bureau des Affaires indiennes discutaient de son avenir, de son présent immédiat et, bien entendu, de son passé.

« Builds-the-Fire est coutumier de ce genre de comportement, affirma un homme en costume style Bureau des Affaires indiennes. Fétichisme du conte doublé d'un besoin compulsif de dire la vérité. Très dangereux, cela. »

Thomas était en prison pour, armé d'une sorte de revolver, avoir pris en otage huit heures durant la receveuse des postes, et aussi pour avoir menacé de procéder à des changements significatifs dans la vision tribale. Cette affaire avait néanmoins trouvé sa conclusion des années auparavant, après que Thomas s'était de lui-même rendu et avait promis de garder désormais le silence. De fait, il ne parlait plus depuis pratiquement

107

vingt ans. Ses histoires demeuraient intérieures. Il n'écrivait même pas de lettres ni de cartes de Noël.

Ces derniers temps, cependant, il avait commencé à émettre de petits sons, à former des syllabes qui contenaient davantage d'émotion et avaient davantage de sens que les phrases entières construites par les hommes du Bureau des Affaires indiennes. Un bruit qui évoquait la pluie avait donné à Esther le courage de quitter son mari, le président du Conseil tribal David WalksAlong, qui était le chef de la police tribale à l'époque du crime originel commis par Thomas Builds-the-Fire. WalksAlong avait si bien adopté le point de vue du Bureau des Affaires indiennes qu'il s'était mis à traiter sa femme de *sauvage en pantalon en polyester*. Elle entendit Thomas parler, et dès le lendemain elle fit ses valises. Thomas fut arrêté vingt-quatre heures plus tard.

Assis tranquillement dans sa cellule, Thomas comptait les cafards et les poissons d'argent. Il n'arrivait pas à dormir, il n'avait pas faim. Il fermait souvent les yeux et des histoires lui venaient à l'esprit, mais il ne parlait pas. Il hochait la tête et riait quand les histoires étaient drôles. Il pleurait un peu quand elles étaient tristes. Il tapait du poing sur son matelas quand elles provoquaient sa colère.

« Bon, le juge itinérant passe demain, dit l'un des hommes en costume style du Bureau des Affaires indiennes. De quoi pourrait-on l'inculper ?

— D'incitation à l'émeute ? De kidnapping ? D'extorsion de fonds ? De meurtre, peut-être ? » suggéra un deuxième.

Ils éclatèrent tous de rire.

Plus tard ce soir-là, Thomas, allongé sur le dos, comptait les étoiles au travers des barreaux de sa fenêtre. Il était coupable et il le savait. La seule chose qui variait selon les réserves, c'était la peine infligée au prévenu.

Le procès de Thomas Builds-the-Fire

Le récit suivant est une adaptation faite à partir de la transcription originale du jugement.

« Mr. Builds-the-Fire, dit le juge à Thomas. Avant que le procès ne commence, la cour doit s'assurer que vous comprenez bien les charges qui pèsent sur vous. »

Thomas, qui portait sa plus belle chemise à rubans et qui avait décidé d'assumer sa propre défense, se leva et prononça sa première phrase entière depuis deux décennies :

« Votre honneur, il ne me semble pas que la nature des charges retenues contre moi m'ait été révélée, et à plus forte raison dans leurs détails. »

Un murmure courut parmi la foule, ponctué par des exclamations de joie, de tristesse, etc. Eve Ford, l'ancienne receveuse des postes de la réserve, celle que Thomas avait prise en otage des années plus tôt, était assise tranquillement au dernier rang. Elle songeait : *Il n'a rien fait de mal.*

« Eh bien, Mr. Builds-the-Fire, déclara le juge, votre empressement soudain à communiquer ne peut que m'inciter à penser que vous saisissez parfaitement l'objet de ce procès.

— C'est faux.

— Accuseriez-vous la cour de mauvaise foi, Mr. Builds-the-Fire ? »

Thomas se rassit afin de récupérer son silence l'espace d'un moment.

« Mr. Builds-the-Fire, nous allons donc nous passer de remarques préliminaires et procéder à l'écoute des témoins. Etes-vous prêt à appeler votre premier témoin ?

— Oui, Votre Honneur. D'abord, je m'appelle à la barre comme seul et unique témoin des crimes dont je suis accusé et, par surcroît, j'attirerai votre attention sur les circonstances atténuantes que je m'accorde.

— Comme vous voudrez, dit le juge. Levez la main droite et jurez de ne dire que la vérité, toute la vérité.

— La vérité, c'est tout ce qui me reste », déclara Thomas.

Il vint à la barre, ferma les yeux et raconta à voix haute l'histoire que voici :

« Tout a débuté le 8 septembre 1858. J'étais un jeune mustang, puissant et rapide. Je m'en souviens. Et pourtant, lorsque ce jour-là le colonel George Wright nous a fait prisonniers, sept cent quatre-vingt-dix-neuf de mes frères et moi, il y avait beaucoup à craindre. Imaginez huit cents beaux mustangs volés en même temps. C'était le pire des crimes de guerre. Le colonel Wright considérait que nous étions trop nombreux pour être transportés et que nous représentions tous un danger. De fait, j'ai encore sur moi la lettre qu'il a écrite alors pour justifier le massacre à venir :

Cher Monsieur,

Après vous avoir informé hier de la capture le 8 courant de 800 chevaux, il me faut ajouter que ce large troupeau constituait toute la richesse du chef spokane Til-coax. Cet homme n'a jamais été hostile ; au cours de ces deux dernières années, néanmoins, il a constamment envoyé ses jeunes guerriers dans la vallée de Walla Walla voler des chevaux et du bétail appartenant aux colons et au gouvernement. Il a fièrement reconnu ces faits devant le colonel Steptoe en mai dernier. Maintenant, la justice s'est abattue sur lui ; le coup a été sévère mais mérité. Je me suis trouvé bien embarrassé avec ces 800 chevaux. Je ne pouvais pas risquer de faire mouvement accompagné de tant d'animaux (dont un grand nombre étaient très sauvages) ; si la panique se répandait parmi eux, non seulement nous pourrions perdre les chevaux capturés, mais aussi beaucoup de nos hommes. Dans ces circonstances, j'ai donc pris la décision de les tuer tous, à l'exception de quelques-uns destinés à l'intendant militaire pour remplacer nos animaux épuisés. J'ai regretté profondément d'avoir à abattre ces malheureuses créatures, mais c'était pour moi un triste devoir. Le massacre a commencé hier à dix heures du matin et ne s'achèvera que ce soir, et je me mettrai en marche demain pour la mission Cœur d'Alene.

Très respectueusement, votre serviteur obéissant,

G. WRIGHT,
colonel, commandant du 9ᵉ d'Infanterie.

J'ai eu, je ne sais comment, la chance d'être épargné alors que des centaines de mes frères et sœurs tombaient. J'ai vécu un véritable cauchemar. On les a rassemblés dans un corral, puis pris au lasso, les uns après les autres, avant de les tirer à l'écart et de les tuer d'une balle dans la tête. Le carnage s'est poursuivi des heures durant, et dans la nuit noire, les mères ont pleuré leurs enfants morts. Le lendemain, les survivants ont été regroupés et soumis à un feu nourri destiné à parachever le massacre. »

Thomas ouvrit les yeux et vit que dans la salle d'audience la plupart des Indiens pleuraient, désormais disposés à admettre la défaite. Il ferma de nouveau les yeux et reprit :

« Mais je n'allais pas me rendre sans combattre. Je continuerais la guerre. Au début, je me suis montré passif, j'ai laissé un homme me seller et me chevaucher un temps. Il riait de l'illusion de faiblesse que je manifestais. Jusqu'à ce que je me dresse sur les jambes arrière et me débarrasse de lui d'une ruade. Il s'est cassé le bras dans sa chute. Un deuxième homme a voulu me monter, mais

111

je l'ai lui aussi jeté à terre, de même que de nombreux autres, jusqu'à ce que je sois couvert d'écume et de blessures sanglantes infligées par leurs éperons et les crosses de leurs revolvers. C'était glorieux. Ils ont fini par renoncer et m'ont conduit à l'arrière de la file. Ils ne pouvaient pas me briser. Certains voulaient peut-être me tuer pour mon arrogance, mais d'autres respectaient ma colère, mon refus de reconnaître la défaite. J'ai survécu à cette journée et j'ai même échappé au colonel Wright pour galoper vers d'autres histoires. »

Thomas ouvrit les yeux et vit que dans la salle d'audience, les Indiens se tenaient assis bien droits, se peignaient les nattes avec grâce, souriaient avec un abandon tout indien.

« Mr. Builds-the-Fire, demanda le juge, votre témoignage est-il terminé ?

— Si vous me permettez de continuer, Votre Honneur, j'ai encore beaucoup à dire, beaucoup d'autres histoires à raconter. »

Le juge le considéra un instant, puis décida de le laisser poursuivre. Thomas ferma les yeux, et une nouvelle histoire naquit des cendres de vieilles histoires :

« Je m'appelais Qualchan et je combattais pour notre peuple, pour notre terre. C'était horrible. J'étais caché dans la boue à l'embouchure même du fleuve Spokane où, après s'être échappé du camp du colonel Wright, mon frère guerrier m'a trouvé. *Qualchan,* m'a-t-il dit, *il faut que tu te tiennes à l'écart du camp de Wright. Il veut te pendre.* Mais Wright avait pris mon père en otage et menaçait de l'exécuter si je ne me rendais pas. Il promettait de me traiter avec justice. Je l'ai cru et on m'a aussitôt enchaîné. J'ai vu la corde du bourreau et je me suis débattu pour tenter de m'échapper. Ma femme a lutté à mes côtés armée d'un couteau et a blessé un grand nombre de soldats avant d'être maîtrisée. On m'a roué de coups, puis on m'a traîné vers le gibet où j'ai été pendu en même temps que six autres Indiens, dont Epseal qui n'avait jamais levé la main contre un Blanc ou un Indien. »

Thomas ouvrit les yeux. Il avait la gorge nouée. Il avait du mal à respirer et la salle d'audience lui paraissait soudain lointaine et vague.

« Mr. Builds-the-Fire, dit le juge, le ramenant à la réalité. Que cherchez-vous à prouver avec cette histoire ?

— Eh bien, la ville de Spokane est en train de construire, dans la vallée même où j'ai été pendu, un golf qui porte mon nom, Qualchan. »

Des mouvements divers et des sentiments divers agitèrent la salle d'audience. Le juge abattit son marteau pour restaurer le calme. L'huissier dut empêcher Eve Ford, saisie d'un accès de folie, de bondir vers Thomas.

« Thomas ! cria-t-elle. On t'écoute tous ! »

Eve frappa l'huissier à deux reprises, puis le précipita par terre. Elle lui piétina son gros ventre jusqu'à ce que deux policiers tribaux la plaquent au sol, lui passent les menottes et la fassent sortir.

« Thomas ! cria-t-elle. On t'entend tous ! »

Le juge était rouge de colère. Il avait presque l'air d'un Indien. Il abattit son marteau avec tant de force qu'il le brisa.

« Silence dans la salle ! hurla-t-il. Silence dans cette putain de salle ! »

Le nombre de policiers tribaux augmenta. Il y avait parmi eux beaucoup d'Indiens que les autres n'avaient jamais vus. Une nuée de policiers expulsa les Indiens de la salle. Une fois les perturbateurs évacués et l'ordre restauré, le juge tira son marteau de secours de sous sa robe et reprit le procès.

« Bien, maintenant, nous pouvons recommencer à administrer la justice.

— Vous parlez de la vraie justice ou d'une idée de justice ? » demanda Thomas.

Le juge s'emporta de nouveau :

« La déposition du témoin de la défense est terminée ! Mr. Builds-the-Fire, vous allez à présent être soumis à un contre-interrogatoire. »

L'avocat général s'avança à la barre.

« Mr. Builds-the-Fire, où étiez-vous le 16 mai 1858 ? demanda-t-il.

— J'étais dans la région de Rosalia, Etat de Washington, en compagnie de sept cent quatre-vingt-dix-neuf autres guerriers prêts à combattre le colonel Steptoe et ses soldats.

— Et pouvez-vous nous expliquer exactement ce qui s'est passé ce jour-là ? »

Thomas ferma les yeux et raconta cette histoire :

« Je m'appelais Coyote Sauvage, je venais d'avoir seize ans et j'avais peur parce que c'était ma première bataille. Pourtant, nous étions confiants parce que les soldats de Steptoe étaient tout petits et tout faibles. Ils ont essayé de négocier la paix, mais nos chefs de guerre réclamaient du sang. Vous devez comprendre que c'était une époque de violence et de mensonges continuels de la part des hommes blancs. Steptoe disait qu'il désirait la paix entre les Blancs et les Indiens, mais il avait des canons et il avait déjà menti, si bien que cette fois nous avons refusé de le croire. Les soldats ont pris position au sommet d'une colline et nous les avons encerclés, stupéfiés par leurs cris et leurs larmes. Il ne faut pas oublier qu'ils étaient braves aussi. Ils se sont bien battus, mais nous étions trop nombreux pour eux ce jour-là. La nuit est tombée et nous nous sommes retirés comme nous le faisons toujours. Les soldats survivants ont réussi à s'échapper à la faveur de l'obscurité et nombre d'entre nous avons été contents pour eux. Ils avaient combattu avec tant de vaillance qu'ils méritaient de vivre un jour de plus. »

Thomas ouvrit les yeux et vit le long nez de l'avocat général à quelques centimètres du sien.

« Mr. Builds-the-Fire, combien de soldats avez-vous tués ce jour-là ? »

Thomas ferma les yeux et raconta une nouvelle histoire :

« J'en ai tué un d'une flèche en pleine poitrine. Il est tombé de cheval et n'a plus bougé. J'ai tiré sur un autre qui est à son tour tombé de cheval, et comme je me précipitais pour prendre son scalp, il a saisi son revolver et m'a logé une balle dans l'épaule. J'ai encore la cicatrice. Ça m'a fait si mal que j'ai abandonné le soldat pour aller mourir dans un coin. Je croyais vraiment ma dernière heure arrivée, et je suppose que le soldat est mort un peu plus tard. J'ai été m'étendre au milieu des hautes herbes et j'ai contemplé le ciel. Il était beau et j'étais prêt à mourir. Ç'avait été une belle bataille. Je suis resté allongé là une partie de la journée et presque toute la nuit, jusqu'à ce qu'un de mes amis vienne me chercher et m'apprenne que les soldats s'étaient échappés. Il m'a attaché à lui et nous sommes partis à cheval avec les autres. Voilà ce qui s'est passé. »

Thomas ouvrit les yeux et se tourna face à l'avocat général.

« Mr. Builds-the-Fire, reconnaissez-vous avoir assassiné deux soldats de sang-froid et avec préméditation ?

— Oui, j'ai tué ces deux soldats, mais c'étaient des hommes courageux. Je les ai tués d'un cœur et d'une main tristes. Plus jamais je ne pourrai rire ou sourire. Je ne regrette pas que nous ayons dû combattre, mais je regrette que ces deux hommes aient dû mourir.

— Mr. Builds-the-Fire, je vous prie de répondre à ma

question. Oui ou non avez-vous assassiné ces deux soldats de sang-froid et avec préméditation ?
— Oui. »

Article de Spokesman Review, *7 octobre 19..*

BUILDS-THE-FIRE CONDAMNÉ À MOISIR EN PRISON

WELLPINIT, ETAT DE WASHINGTON — Thomas Builds-the-
Fire, le visionnaire autoproclamé de la tribu spokane,
a été condamné aujourd'hui à deux fois la prison à
vie, peine qu'il doit purger au pénitencier de Walla
Walla. A l'énoncé du verdict, ses nombreux partisans
se sont battus pendant plus de huit heures avec les
forces de police.

Le juge fédéral James Wright lui a demandé :
« Avez-vous encore quelque chose à déclarer,
Mr. Builds-the-Fire ? » Le condamné s'est contenté de
faire signe que non avant d'être emmené.

Wright avait dit à Builds-the-Fire que les nouvelles
orientations des lois fédérales exigeaient « une
condamnation à vie pour meurtre à motivations racia-
les ». Et Adolph D. Jim, l'avocat général, un membre
de la nation des Indiens Yakimas, avait ajouté qu'il n'y
avait aucune possibilité de liberté conditionnelle.

« Le seul appel que je fais est un appel à la justice »,
aurait déclaré Builds-the-Fire cependant qu'on l'arrachait à cette histoire pour le précipiter dans la suivante.

Thomas Builds-the-Fire était calmement assis dans le
car qui le conduisait au pénitencier de Walla Walla. Il
voyageait en compagnie de six autres prisonniers : qua-

tre Africains, un Chicano et un Blanc originaire de la plus petite ville de l'Etat.

« Je sais qui tu es, dit le Chicano à Thomas. T'es l'Indien qu'a pas arrêté de causer.

— Ouais, fit l'un des Africains, t'es ce fameux conteur. Raconte-nous quelques histoires, chef. Donne-nous l'exclusivité. »

Thomas regarda les cinq hommes qui avaient la même couleur de peau que lui ainsi que le Blanc, ces hommes avec qui il partageait ce car qui les emmenait vers une nouvelle sorte de réserve, de barrio, de ghetto, de baraquement de bûcherons. Puis par la vitre, par les vitres grillagées, il regarda la liberté qui défilait derrière le verre. Il vit des champs de blé, des masses d'eau, des masses de travailleurs à la peau brune qui recueillaient les fruits des arbres et la sueur de l'atmosphère.

Thomas ferma les yeux et raconta cette histoire-là.

Distances

« Tous les Indiens doivent danser, partout, et continuer
à danser. Bientôt au printemps prochain le Grand Esprit
viendra. Il ramènera tous les gibiers de toutes espèces. Le
gibier foisonnera. Tous les Indiens morts reviendront et
revivront. Les vieux Indiens aveugles verront de nouveau,
redeviendront jeunes et auront une belle vie. Quand le
Grand Esprit arrivera ainsi, tous les Indiens iront dans les
montagnes, loin des Blancs. Là-haut, les Blancs ne pour-
ront plus faire de mal aux Indiens. Et pendant que les
Indiens seront là-haut, le déluge déferlera et tout le peuple blanc mourra noyé. Après, l'eau se retirera et il n'y
aura plus que des Indiens et du gibier partout. L'homme-
médecine demandera alors aux Indiens de dire à tous les
autres Indiens de continuer à danser et les jours heureux
arriveront. Les Indiens qui ne danseront pas, qui n'y croi-
ront pas, rapetisseront pour ne plus mesurer qu'un pied
de haut et ils resteront toujours ainsi. Certains seront
transformés en bois et brûlés dans le feu. »

WOVOKA,
le messie paiute de la danse des Esprits

Lorsque cela est arrivé, lorsque cela a commencé, j'ai
pensé que Custer aurait pu, aurait dû presser le bouton,

abattre tous les arbres, faire des trous dans la couche d'ozone, inonder la planète. Puisque la plupart des hommes blancs étaient morts et que la plupart des Indiens étaient vivants, j'ai pensé que seul Custer aurait pu faire quelque chose d'aussi stupide. Ou peut-être était-ce parce que la danse des Esprits avait enfin abouti.

Hier soir, nous avons incendié une nouvelle maison. Le Conseil tribal a décrété que tout ce qui avait un rapport avec les Blancs devait être détruit. Parfois, quand nous sortons les meubles d'une maison avant d'y mettre le feu et que nous sommes tout nus, je ne peux m'empêcher de rire aux éclats. Je me demande si le spectacle était le même au cours de toutes ces années où nous, les Indiens sauvages, nous massacrions les colons sans défense. Nous devions être gelés, morts de froid.

J'ai trouvé un transistor dans un placard. C'est l'un de ces petits postes jaunes étanches dont les enfants se servaient. Je sais que tous les circuits électriques ont été détruits, que toutes les piles ne fonctionnent plus, que tous les fils ont grillé, victimes de courts-circuits, que tous les barrages ont explosé, mais je me demande si cette radio fonctionne encore. Comme elle était cachée sous une pile de vieux quilts, elle a peut-être été protégée. J'ai cependant trop peur pour l'allumer. Qu'est-ce que je vais entendre ? De lointains reportages, des résultats sportifs, le silence ?

Il y a cette femme que j'aime, Danseuse-qui-Tremble, mais c'est une Urbaine. Les Urbains sont les Indiens des villes qui ont survécu et rejoint la réserve après la catastrophe. Quand ils sont arrivés, ils devaient être plus d'une centaine, mais la majorité sont morts depuis. Il ne reste plus qu'une douzaine d'Urbains et tous sont malades. Ceux qui le sont le plus ont l'air d'avoir cinq cents ans. On dirait qu'ils vivent depuis l'éternité. On dirait qu'ils vont mourir bientôt.

Danseuse-qui-Tremble n'est pas encore malade, mais ses jambes sont couvertes de brûlures et de cicatrices. Lorsqu'elle danse la nuit autour du feu, la douleur la fait trembler. Une fois, elle allait tomber quand je l'ai rattrapée à temps, et nous nous sommes regardés longuement. Je croyais voir la moitié de sa vie, quelque chose que je me rappellerai, quelque chose que je n'oublierai jamais.

Les Peaux-Rouges, les Indiens qui vivaient sur la réserve quand c'est arrivé, n'ont pas le droit d'épouser des Urbains. Le Conseil tribal a édicté cette règle à cause de la maladie dont ils souffrent. L'une des premières Urbaines était enceinte en arrivant sur la réserve, et elle a accouché d'un monstre. Le Conseil tribal veut éviter que cela se reproduise.

Je prends de temps en temps mon cheval, une bête lente et maladroite, pour aller voir Noah Chirapkin dans son tipi. C'est le seul Peau-Rouge que je connaisse qui ait voyagé hors de la réserve depuis l'événement fatidique.

« On n'entendait pas un bruit, m'a-t-il raconté une fois. J'ai chevauché des jours et des jours, mais il n'y avait pas de voitures, pas d'avions, pas de bulldozers, pas d'arbres. J'ai traversé une ville déserte et cela ne m'a pris qu'une seconde. J'ai cligné des yeux et la ville a disparu, quelque part derrière moi. J'ai découvert une seule et unique plante, une fleur noire, dans l'ombre du barrage de Little Falls. Quarante ans ont passé avant que je n'en découvre une deuxième, qui poussait entre les murs d'une vieille maison sur la côte. »

La nuit dernière, j'ai rêvé de télévision. Je me suis réveillé en larmes.

Le temps a changé, change, devient autre. La nuit, il fait froid, si froid que les doigts peuvent geler sur un visage qu'on effleure. La journée, notre soleil nous écrase. Les vieux meurent qui préfèrent se noyer dans leur eau plutôt que mourir de soif. Leurs cadavres apportent le mal, a décidé le Conseil tribal. On les brûle sur le terrain de football, une semaine sur la ligne des cinquante yards, et la semaine suivante dans l'en-but. Selon les rumeurs, les parents du mort seraient eux aussi tués et brûlés. Le Conseil tribal a déclaré que c'était une maladie de l'homme blanc qu'ils avaient dans le sang. Comme une montre-bracelet tombée entre leurs côtes qui ralentirait puis s'arrêterait. Je suis content que mes grands-parents soient morts avant que tout cela n'arrive. Je suis content d'être orphelin.

Danseuse-qui-Tremble m'attend parfois au pied de l'arbre, tout ce qui nous reste. Nous ôtons nos vête-ments, pagne et robe de peau. Nous grimpons aux bran-ches et nous nous agrippons l'un à l'autre pour regarder le Conseil tribal. De temps en temps, la peau de Dan-seuse-qui-Tremble pèle et les lambeaux descendent en planant jusqu'au sol. De temps en temps, je porte à ma bouche des morceaux d'elle qui se détachent. Ils ont le goût du sang, de la poussière, de la sève, du soleil.

« Mes jambes me lâchent, m'a dit une fois Danseuse-qui-Tremble. Après ce seront mes bras, mes yeux, mes doigts, le creux de mes reins. »

« Je suis jalouse de ce que tu as », dit-elle en désignant les différentes parties de mon corps et en m'expliquant leur usage.

Hier soir, nous avons incendié une nouvelle maison. J'ai vu un tableau de Jésus-Christ par terre.

Il est blanc. Jésus est blanc.

Pendant que la maison flambait, je voyais des flammes, des couleurs, toutes les couleurs sauf le blanc. J'ignore ce que cela signifie, je ne comprends pas le feu, ni les brûlures sur les jambes de Danseuse-qui-Tremble, ni les cendres qu'on laisse refroidir après qu'il ne reste rien d'autre de la maison.

Je veux savoir pourquoi Jésus n'est pas une flamme.

La nuit dernière, j'ai rêvé de télévision. Je me suis réveillé en larmes.

Pendant que je suis couché dans mon tipi, feignant de dormir sous les petites couvertures en peau de chien et de chat, j'entends les chevaux exploser. J'entends les cris des enfants qu'on emmène.

Les Autres viennent d'il y a mille ans. Leurs nattes sont grises, cassées par l'âge. Ils sont venus avec des flèches, des haches de pierre, des mains énormes.

« Vous vous souvenez de nous ? » chantent-ils, couvrant le bruit, notre bruit.

« Vous nous craignez encore ? » hurlent-ils, couvrant le chant, notre chant.

Je me précipite hors de mon tipi et je cours vers l'arbre. Je monte aux branches pour observer les Autres. Il y en a un, plus grand que les nuages, qui ne chevauche pas de mustang, qui court dans la poussière, plus vite que ma mémoire.

Quelquefois ils reviennent. Les Autres, avec des saumons, de l'eau. Un jour, ils ont pris Noah Chirapkin, l'ont ligoté, jeté par terre, et puis ils ont versé de l'eau dans sa gorge jusqu'à le noyer.

Le plus grand des Autres, le géant, a emporté Danseuse-qui-Tremble et l'a ramenée avec un gros ventre. Elle sentait le sel, le sang séché. Elle a accouché, le saumon est sorti d'elle, le saumon a grandi.

Quand elle est morte, ses paumes saignaient de l'eau de mer.

A la réunion du Conseil tribal d'hier soir, Judas Wild-Shoe a donné au président une montre qu'il avait trouvée.

« Un artefact d'homme blanc, un péché », a dit le président qui a mis la montre dans son sac.

Je me rappelle les montres. Elles mesuraient le temps en secondes, en minutes, en heures. Elles mesuraient le temps avec précision, avec froideur. Moi, je mesure le temps avec mon souffle, avec le bruit de mes mains sur mon corps.

Je fais des erreurs.

Hier soir, j'ai tenu mon transistor entre mes mains, avec précaution, comme s'il était vivant. Je l'ai examiné de près, à la recherche d'un défaut, d'un dommage qu'il aurait subi. Je n'ai rien remarqué, pas la moindre imperfection. S'il avait quelque chose, cela n'apparaissait pas sur le plastique lisse et dur de l'extérieur. Les défauts éventuels seraient à l'intérieur, dans ce qu'on ne voyait pas et qu'on ne pouvait pas atteindre.

Je l'ai allumé, j'ai monté le son au maximum, et tout ce que j'ai entendu, c'est le bruit sans cesse répété de ma respiration.

Le demi-frère de Jésus-Christ est vivant et bien portant sur la réserve des Indiens Spokanes

1966

Rosemary MorningDove a accouché aujourd'hui d'un garçon et constatant qu'on était tout près de Noël elle a répété à tout le monde qu'elle était vierge alors que Frank Nombreux Chevaux affirmait que l'enfant était de lui tandis que nous on se disait que c'était un accident. Quoi qu'il en soit elle a accouché mais il est arrivé tout bleu et il a fallu longtemps pour réussir à le faire respirer et Rosemary MorningDove l'a appelé... ce qui est imprononçable tant en indien qu'en anglais mais qui veut dire : *Celui qui rampe silencieusement dans l'herbe avec un petit arc et une mauvaise flèche pour chasser assez de cerfs pour nourrir la tribu entière.*

Nous on se contente de l'appeler James.

1967

Frank Nombreux Chevaux ainsi que Lester FallsApart et moi on était au Breakaway Bar à boire de la bière et à jouer au billard tout en racontant des histoires quand on a entendu les sirènes. Le bruit des sirènes provoque à chaque coup l'excitation des Indiens car il signifie incendies ce qui signifie qu'on aura besoin de pompiers pour les combattre ce qui signifie qu'on fera appel à nous ce qui signifie qu'on gagnera de l'argent. Quelqu'un déclenche régulièrement un incendie sur le cimetière indien et comme la date du Treizième incendie annuel du cimetière indien approchait Frank et Lester et moi nous nous sommes précipités vers la caserne de pompiers dans l'espoir d'être embauchés mais quand on a vu que la fumée provenait du village gouvernemental où habitaient tous les Indiens pauvres on a couru là-bas pour constater que c'était la maison de Rosemary MorningDove qui brûlait. Les Indiens avaient des seaux d'eau mais les flammes étaient bien trop hautes et on entendait un bébé pleurer aussi Frank Nombreux Chevaux s'est mis à gesticuler comme un fou alors que c'était le bébé de Lillian juste à côté de nous qui pleurait seulement Frank savait que James était dans la maison et il s'est élancé avant qu'on puisse le retenir et une seconde plus tard le voilà qui se penche à la fenêtre du premier étage tenant James dans ses bras et tous les deux sont un peu en feu et Frank jette le petit James par la fenêtre tandis que telle une vedette de football de l'équipe du lycée je me rue pour le rattraper avant qu'il s'écrase au sol mais je le rate de justesse et il me glisse entre les doigts pour tomber brutalement par terre alors je le ramasse tout de suite et j'étouffe les flammes avec mes mains et pendant tout ce temps-là je crois qu'il est mort mais il paraît presque normal sauf que le haut de son crâne a l'air cabossé comme une boîte de bière vide.

Il ne pleurait pas.

1967

J'ai été à l'hôpital de la réserve voir James et Frank et Rosemary mais je me suis soûlé avant pour ne pas avoir peur des murs blancs ni du bruit des bras et des jambes qu'on scie au sous-sol. J'ai malgré tout entendu les hurlements et c'étaient des hurlements indiens le genre de ceux qui peuvent se propager pour l'éternité tout autour du monde et parfois provenir d'un passé distant d'un siècle si bien que je me suis bouché les oreilles et que j'ai mis ma main devant les yeux pour ne plus voir que le sol luisant de propreté. Oh mon Dieu je suis tellement ivre que je voudrais prier mais je n'y arrive pas et avant que j'aie eu le temps de changer d'avis et de faire demi-tour Moses MorningDove me tire à l'écart pour me dire que Frank et Rosemary sont morts et que comme c'est moi qui ai sauvé la vie de James je devrais me charger de l'élever. Moses dit que c'est la tradition indienne mais comme il va avoir deux cents ans et qu'il continue à boire et à baiser comme à vingt je me dis qu'il essaie simplement d'échapper à ses devoirs de grand-père. Je ne veux rien avoir à faire avec tout cela car je suis malade car l'hôpital me rend plus malade encore et mon cœur tremble et s'affole comme au moment où l'infirmière vous réveille au milieu de la nuit pour vous administrer un somnifère mais je sais que James va finir dans un orphelinat comme l'un de ces gosses indiens à fabriquer des paniers et à porter des vêtements qui grattent et je n'ai moi-même que vingt ans mais je jette un coup d'œil sur James qui a l'air d'une chiffe molle toute bosselée et puis je regarde dans la glace et je me vois qui le tiens dans mes bras pour le ramener chez moi.

Ce soir le miroir me pardonnera mon visage.

1967

Il fait nuit noire et James qui n'arrive pas à dormir contemple le plafond si bien que je le porte jusqu'au terrain de football pour qu'on admire les étoiles qui de là-haut regardent la réserve. Je pose James sur la ligne des cinquante yards et je cours sur l'herbe gelée en regrettant qu'il n'y ait pas assez de neige pour que je laisse une trace et fasse savoir demain matin au monde que je suis passé par-là. Je me dis que je pourrais écrire mon nom et celui de James et celui de tous ceux qui me viennent à l'esprit jusqu'à ce que j'aie piétiné tous les morceaux de neige comme s'il s'agissait de tous les morceaux du monde ou du moins de tous ceux de cette réserve qui se compose de tant de morceaux qu'elle pourrait être le monde. Je voudrais décrire des cercles autour de James en me rapprochant de plus en plus de lui et en dansant une nouvelle danse qui lui permettrait de guérir et de parler et de marcher avant d'apprendre à pleurer. Mais il ne pleure ni ne parle et je le vois parfois sous les traits d'un vieil homme ivre mort à l'arrière d'une camionnette de la réserve avec un pantalon plein de merde et dans la poche une montre cassée qui donne toujours la même putain d'heure. Je ramasse James dans l'herbe gelée qui attend que le printemps et le soleil transforment son univers mais je ne peux que regagner la maison dans le froid avec un autre avenir sur le dos et celui de James glissé dans ma poche comme un portefeuille vide ou un journal qui alimente le feu et que personne ne lira jamais.

La maison c'est parfois tout cela.

1968

Le monde qui change le monde qui change le monde. Je ne regarde plus la télévision depuis qu'elle a explosé et fait un trou dans le mur. Le tas de bois ne rêve plus de moi. Il se tient à côté de la hache et on parle du froid qui guette dans les coins et vous attaque par surprise lors d'une chaude journée presque printanière. Aujourd'hui je reste des heures debout à la fenêtre puis je prends le ballon de basket dans le poêle à bois et je vais dans le jardin marquer des paniers dans le filet cloué au tronc d'un pin. Je tire jusqu'à ce que le froid signifie que je suis protégé car ma peau est trop chaude pour que je le sente. Je tire jusqu'à ce que j'aie le bout des doigts qui saigne et que mes pieds me fassent mal et que mes cheveux se collent à la peau nue de mon dos. James attend à côté de la véranda les mains dans la boue et les pieds logés dans des chaussures en cuir que j'ai trouvées à la décharge sous une vieille machine à laver. Je n'arrive pas à croire le nombre de détails que je suis obligé de me rappeler à mesure que s'écoulent les jours qui se rapprochent du moment où James va parler. Je le change puis je lui lave la figure et les plis et les replis de son petit corps jusqu'à ce qu'il brille comme un sou neuf.

Telle est ma religion.

1968

On dirait que le froid ne va jamais finir et que l'hiver va ressembler à la plante de mes pieds mais en une nuit il disparaît et à sa place arrive le soleil si large et si risible. James si jeune est assis dans sa chaise et il ne parle toujours pas mais les docteurs de la clinique indienne disent que c'est de toute façon trop tôt seulement je vois quelque chose dans ses yeux et je vois dans ses yeux une voix et puis je vois dans ses yeux toute une nouvelle série de mots. Ce n'est pas de l'indien ni de l'anglais pas plus que ce n'est une caisse enregistreuse ou un feu de signalisation ou un ralentisseur et pas plus que ce n'est une fenêtre ou une porte. Une fin d'après-midi James et moi on regarde le soleil traverser le ciel comme un ballon de basket en feu jusqu'à ce qu'il disparaisse et s'enfonce dans le lac Benjamin avec une grande gerbe qui ébranle le sol et réveille même Lester FallsApart qui s'imagine que c'est son père revenu le gifler une fois encore.

L'été arrive comme une voiture dévalant la route.

1968

James doit savoir pleurer puisqu'il n'a pas encore pleuré et je sais qu'il attend ce moment-là comme s'il avait cinq siècles de larmes à verser. Il n'a marché nulle part et il n'a pas d'ampoules aux pieds mais des rêves lustrés dans sa cage thoracique qui tremble et tremble à chaque respiration et je vois qu'il essaie de parler quand il agrippe l'air derrière sa tête ou qu'il regarde si fixement le ciel. Il fait de plus en plus chaud et je l'installe à l'ombre à côté du terrain de basket pendant que je joue jusqu'à ce que la sueur qui dégouline de mon corps fasse pleuvoir sur toute la réserve. Je joue jusqu'à ce que la musique de mes chaussures sur le dallage résonne comme chacun des tambours. Et puis je suis seul à la maison et je regarde les cafards vivre leurs existences compliquées.

Je tiens James au creux d'un bras et le ballon de basket au creux de l'autre et je tiens tout le reste à l'intérieur de mon corps entier.

1969

J'amène James à la clinique indienne parce qu'il ne pleure pas encore et que parfois il se borne à fixer le vide pendant des heures et aussi parce que parfois il entoure de ses bras les chiens errants pour se laisser porter tout autour du jardin. Il est assez fort pour se soulever du sol mais pas assez fort pour soulever sa langue de son palais afin de dire les mots pour amour ou colère ou pour faim ou bonjour. Il n'a certes que quelques années mais il a des yeux qui sont vieux et sombres comme un château ou un lac où les tortues viennent mourir et quelquefois vivre. Peut-être qu'il va hurler les mots au moment où je m'y attends et le souhaite le moins et qu'il va lâcher un juron à l'église ou bien une prière au milieu d'une épicerie. Aujourd'hui je suis venu en ville et je n'ai pas arrêté de croiser des gens qui ne m'avaient pas vu depuis si longtemps qu'ils m'ont posé des questions sur James et sur moi alors qu'ils n'étaient pas venus frapper à ma porte pour connaître les réponses. James et moi nous marchons seuls sauf qu'il est sur mon dos et qu'il ne voit pas les gens dont les regards nous traversent pour chercher le coyote de notre âme ou le carcajou de notre cœur ou encore le fou qui avance la main pour toucher tous les Indiens qui passent trop de temps seuls. Au Comptoir ma main effleure les boîtes de conserves cependant que j'espère qu'une vision va me venir mais Seymour arrive qui achète deux caisses de bière avec un billet de vingt dollars et après on boit toute la nuit. James passe de femme en femme et d'homme en homme et puis entre les mains de quelques enfants qui tiennent cet enfant qui ne pleure pas ni ne reconnaît l'être humain qui loge dans son propre corps. Tous les poivrots sont contents de me voir de nouveau soûl après avoir mis fin à mon régime d'abstinence dont je sors plein de fractures et de rêves brisés pour me réveiller le lendemain matin dans un champ sous l'œil d'une vache. Le pantalon raide de pisse je prends le chemin de chez moi en longeant d'abord les maisons gouvernementales avec des épaves de voitures dans les jardins puis le terrain où se tiennent les pow-wows non loin de l'église des Pentecôtistes où les purs chantent comme s'ils nous pardonnaient à tous. À la maison je trouve James en compagnie de Suzy Song qui lui donne à manger et le berce comme bercent un bateau ou une chaise à trois pieds.

Je dis non et j'emporte James pour le mettre dans son berceau et puis je me réfugie dans les bras de Suzy qui me berce jusqu'à ce que j'oublie mon estomac et ma peau si mince.

1969

Les longs jours et les longues nuits signifient que le ciel demeure tout le temps le même et James ne parle toujours pas mais il rêve et donne des coups de pied dans son sommeil et puis quand il dort dans mes bras il cogne parfois son corps contre le mien. Personne ne rêve tout le temps parce que cela entraînerait trop de souffrances mais James le fait lui qui dort tandis que l'orage gronde et que les éclairs de chaleur tendent leur longue main puis leur poing pour fendre un arbre en deux et puis pour fendre mes yeux en deux de leur éclat. Nous avons eu du gibier à dîner. Nous avons mangé du cerf et son goût sauvage m'a fait passer des frissons dans le dos. James a recraché ce qu'il avait dans la bouche et les chiens sont venus le manger et puis j'ai mangé et les chiens ont mangé tout ce qu'ils trouvaient tandis que le cerf appuyait de plus en plus sur mon estomac. Des bois et des sabots et puis de la peau et des yeux ont poussé au cerf qui pesait sur ma cage thoracique pendant que je continuais à manger insatiablement jusqu'à ce que je ne sente plus que mon ventre qui se tendait plein à craquer.

Les jours de ma vie dont je me souviens avec le plus de netteté et de détails sont ceux où j'avais l'estomac rempli.

1969

Nous disputons ce soir notre premier match de basket de la saison au foyer communautaire et j'ai demandé à Suzy Song de garder James pendant que les guerriers et moi rugirons à la poursuite des filets et de la pendule qui ne marche pas de même qu'à la poursuite de nos souvenirs et de nos rêves ainsi que des chevaux du vingtième siècle que nous appelons nos jambes. Nous affrontons une équipe de Nez Percés qui courent comme s'ils fuyaient encore la cavalerie et qui sont en train de nous foutre une raclée quand je pique soudain le ballon à leur pivot à moitié blanc et file vers le panneau. Je saute en l'air avec l'intention de smasher lorsque le pivot à moitié blanc m'empoigne pour me flanquer par terre et quand je tombe j'entends un craquement tandis que ma jambe se plie en deux du mauvais côté. On m'emmène à l'hôpital de la réserve et plus tard on me dit que ma jambe a explosé et que je ne pourrai pas rejouer au basket avant longtemps ou peut-être même jamais et quand Suzy arrive avec James on me demande si c'est ma femme et mon fils et je réponds que oui et comme James n'émet toujours pas le moindre son on me demande quel âge il a. Je réponds qu'il a presque quatre ans et on me dit que son développement physique est lent mais que c'est normal pour un enfant indien. Quoi qu'il en soit il faut qu'on m'opère et tout ça mais comme je n'ai pas d'argent et pas assez de forces ni assez de souvenirs et que ce n'est pas couvert par la Sécurité sociale indienne je me lève et je rentre à la maison en pleurant presque parce que ma jambe et ma vie me font terriblement mal. Suzy reste cette nuit avec moi et dans le noir elle m'effleure le genou en me demandant si je souffre beaucoup et je lui réponds que je souffre au-delà de toute expression alors elle embrasse chacune de mes cicatrices et elle se blottit contre moi toute chaude et me murmure des mots à l'oreille. Elle ne pose pas tout le temps des questions et quelquefois elle connaît les réponses. Le matin je me réveille avant elle et je vais en clopinant dans la cuisine préparer du café et deux bols de Corn Flakes que j'apporte au lit pour qu'on prenne notre petit déjeuner ensemble pendant que James toujours dans son berceau contemple le plafond de sorte que Suzy et moi faisons comme lui.

L'ordinaire sert parfois de médicament.

1970

La neige arrive de bonne heure cette année et je suis assis près du poêle parce que je ne peux pas marcher à cause de mon genou abîmé et parce qu'il neige tellement fort que personne ne peut venir nous chercher en voiture mais je sais que quelqu'un pense à nous car sinon on disparaîtrait du jour au lendemain comme ces Indiens qui grimpaient dans les villages pueblos. Ils se sont évanouis alors que le repas cuisait encore dans les marmites et que l'air attendait d'être respiré et ils se sont changés en oiseaux ou en poussière ou en bleu du ciel ou en jaune du soleil.

Ils étaient là et d'un seul coup on les a oubliés l'espace d'une seconde et l'espace d'une seconde personne n'a plus pensé à eux et après ils ont disparu.

1970

J'ai de nouveau emmené James à l'hôpital de la réserve parce qu'il a presque cinq ans et qu'il ne se donne toujours pas la peine de parler ni de ramper ni de pleurer ni même de bouger quand je le pose par terre et un jour que je l'ai laissé tomber et qu'il avait la tête en sang il n'a même pas émis le plus petit son. Après l'avoir examiné ils ont déclaré qu'il était normal et que son développement était simplement un peu lent et c'est ce que les docteurs racontent tout le temps au sujet des Indiens depuis cinq cents ans. Bon Dieu j'ai dit vous ne savez donc pas que James veut danser et chanter et puis taper si fort sur un tambour que cela vous fera mal aux oreilles et puis il ne lâchera jamais une plume d'aigle et il sera toujours respectueux à l'égard des anciens du moins à l'égard des anciens de la nation indienne et il changera le monde. Il dynamitera le mont Rushmore ou détournera un avion pour le forcer à atterrir sur la route qui traverse la réserve. Il sera un père et une mère et puis une mère et un fils et une fille et puis un chien qui viendra vous arracher aux flots tumultueux de la rivière.
Il transmuera en or les rations gouvernementales de fromage.

1970

Bon anniversaire James et je suis au Breakaway Bar en train de boire trop de bières tandis qu'on parle de la guerre du Viêt-nam à la télévision. Les Blancs veulent toujours se battre contre quelqu'un et ils se débrouillent toujours pour que ce soient les hommes à la peau brune qui se battent à leur place. Tout ce que je sais à propos de cette guerre c'est ce que Seymour m'en a raconté quand il est revenu après avoir fait son service là-bas et il a dit que tous les Jaunes qu'il avait tués nous ressemblaient et aussi que chaque Jaune qu'il avait tué ressemblait trait pour trait à quelqu'un de la réserve qu'il connaissait. En tout cas je vais au réveillon de Noël chez Jana Wind et je dépose James chez ma tante afin de pouvoir me soûler à mort et de ne pas avoir pendant quelques jours ou pendant le restant de ma vie à me préoccuper de rentrer à la maison. On boit tous comme des trous et Ray le père de Jana me lance un défi à un contre un en disant que je suis devenu une merde et que de toute façon je n'ai jamais valu grand-chose mais je lui réponds que je ne peux pas parce que j'ai le genou déglingué et qu'en plus il y a cinquante centimètres de neige alors où est-ce qu'on pourrait jouer ? Ray me traite de dégonflé alors je lui dis de me suivre et on prend la voiture pour aller sur le terrain du lycée mais là aussi il y a cinquante centimètres de neige et on ne peut pas jouer mais Ray sourit et sort une bouteille de pétrole dont il arrose le terrain avant d'y mettre le feu si bien que la neige fond ainsi que presque tout le pantalon de Lester FallsApart qui se tenait trop près quand Ray a enflammé le pétrole. N'empêche que le terrain est dégagé et alors Ray et moi on attaque la partie et mon genou ne me fait pas trop mal cependant que tout le monde nous applaudit et nous encourage mais je ne me rappelle plus qui a gagné car j'étais trop soûl et les autres aussi. Plus tard quand j'ai appris comment Ray et Joseph avaient été arrêtés pour avoir presque battu un Blanc à mort j'ai dit que Ray et Joseph n'étaient que des enfants mais Suzy a répliqué qu'il n'y avait pas d'enfants sur la réserve et que tout le monde naissait adulte. J'ai regardé James et j'ai pensé que Suzy se trompait peut-être au sujet des enfants indiens nés adultes et que James lui était peut-être né comme ça et qu'il désirait rester comme ça parce qu'il ne voulait pas grandir pour voir et faire ce que nous tous on voit et on fait.

Il existe toutes sortes de guerres.

1971

Tellement de temps passé en tête à tête avec une bouteille ou une autre. James et moi on ne se souvient de rien sauf du dernier verre et d'un Indien ivre qui ressemble au Penseur sauf que personne ne met un Indien ivre à un endroit spécial devant une bibliothèque. Pour la plupart des Indiens le seul endroit spécial devant une bibliothèque est soit une grille de chauffage soit un coin de trottoir chauffé par le soleil mais c'est une vieille plaisanterie et j'avais l'habitude de dormir avec des piles de livres éparpillées sur mon lit et c'était parfois la seule chose qui me tenait chaud et toujours la seule chose qui me tenait en vie.

Les livres et la bière sont le meilleur et le pire des moyens de défense.

1971

Jesse WildShoe est mort hier soir et l'enterrement a lieu aujourd'hui. En général on organise une veillée funèbre mais aucun d'entre nous n'a eu assez de patience ou d'énergie pour porter le deuil pendant des jours de sorte qu'on l'a enterré tout de suite dans un trou très profond parce que Jesse dansait la danse Fantaisie comme si Dieu inspirait ses pieds. En tout cas on a passé la journée entière à creuser le trou et comme le sol était encore un peu gelé on a refait plusieurs fois le coup du pétrole pour que la terre fonde et quand on jetait une allumette au fond ça ressemblait à ce que devait ressembler l'enfer et ça flanquait la frousse. On était dix petits Indiens à se décarcasser pour un danseur Fantaisie qui en avait assez bavé et qui en avait sans doute eu marre d'en baver si bien que je n'arrêtais pas de me demander si on ne ferait pas mieux d'emporter son cadavre dans les montagnes pour l'enterrer dans la neige qui ne part jamais. Peut-être qu'on pourrait en quelque sorte le congeler pour qu'il ne sente plus rien et surtout pour qu'il ne se fasse pas des idées tordues sur le ciel ou l'enfer. Je ne connais rien à la religion et je ne confesse mes péchés à personne sauf aux murs et au poêle à bois ainsi qu'à James qui pareil à une pierre pardonne tout. Il ne parle ni ne pleure et parfois je le secoue un peu trop fort ou je lui crie dessus ou encore je le laisse tout seul dans son berceau pendant des heures mais il ne fait jamais un bruit. Un soir j'étais tellement soûl que je l'ai oublié chez quelqu'un et que je n'y ai plus pensé mais qui pourrait m'en vouloir ? La police tribale m'a collé en cellule pour abandon d'enfant et j'ai demandé qui ils allaient arrêter pour m'avoir abandonné moi mais le monde tournoie et se love sur lui-même comme un serpent qui se mord la queue. Et le lendemain tel un serpent mon plateau télé se dresse de la table pour m'attraper les yeux ainsi que les poignets et je demande au flic depuis combien de temps je suis ivre et il me répond depuis un an presque tous les jours alors que je ne me souviens de rien. Je souffre de delirium tremens. Les murs sont des nazis qui font des abat-jour avec ma peau et la cuvette des chiottes est un homme blanc en cagoule blanche qui me renverse avec son cheval et le sol est un homme maigre qui veut me montrer un tour qu'il a appris à faire avec un couteau et puis mes chaussures crissent et me précipitent à coups de pied dans la fosse à cochons de mon imagination. Oh mon Dieu je me réveille au fond de cette fosse commune en compagnie des ossements de générations de massacrés et je remonte en me frayant un chemin parmi des couches et des années de plats du jour. Je creuse des heures durant dans la peau et les yeux et le sang frais et bientôt je sors et m'extirpe de l'œil d'une truie tout en débarrassant mes cheveux des asticots qui se tortillent. Je veux crier mais je ne veux pas ouvrir la bouche pour sentir le goût et le goût et le goût.

Comme dit l'héroïnomane je veux être pur.

1971

J'ai été un mois chez les Alcooliques Anonymes parce que c'était le seul moyen de garder James tandis que ma tante et Suzy Song venaient toutes les deux s'installer chez moi pour veiller à ce que je ne boive pas et m'aider à m'occuper de James. Chez les Alcooliques Anonymes on montre toujours les mêmes vieux films et c'est toujours le même type blanc qui est sur le point de foutre sa vie en l'air ainsi que celle de sa femme et de ses enfants avant de perdre son travail mais qui finit par comprendre que l'alcool est en train de le tuer et alors il arrête de boire du jour au lendemain pour faire du restant du film et du restant de sa vie un pique-nique en compagnie de sa famille et de ses amis sans oublier son patron et au cours duquel tous rient et s'exclament on ne te reconnaît plus Bob et on est drôlement contents de te retrouver papa et puis on va vous réembaucher et

141

doubler votre salaire mon vieux. Hier j'ai reçu une carte postale de Pine Ridge sur laquelle mon cousin écrit que tous les Indiens ont disparu et me demande si je sais où ils sont partis. Je lui réponds d'aller voir du côté des réunions des Alcooliques Anonymes et je lui demande s'il y a plus d'oiseaux avec des yeux comme les siens et si le ciel est plus bleu et le soleil plus jaune parce qu'on devient tous de ces couleurs quand on meurt. Je lui dis de chercher dans ses rêves un homme à la tête de faucon vêtu de rouge avec une cravate rouge et des chaussures rouges. Je lui dis que cet homme est la peur incarnée et qu'il le dévorera comme un sandwich ou un cornet de glace mais qu'il ne sera jamais rassasié et qu'il viendra l'attraper dans ses cauchemars comme s'il s'agissait d'un mauvais film. Je lui dis de tourner son téléviseur vers le mur et de bien regarder si les murs présentent des imperfections qui pourraient être son père et sa mère tout comme la tache sur le plafond pourrait être ses sœurs et le plancher gauchi qui craque sans arrêt son grand-père qui raconte des histoires.

Peut-être qu'ils se cachent tous sur un bateau dans une bouteille.

1972

Rester si longtemps sans boire me donne l'impression d'un rêve mais je me sens plutôt mieux et ma tante était si fière de moi qu'elle nous a emmenés à la ville James et moi pour que James qui ne parle toujours pas subisse un examen médical mais à la place on a fait tous les trois un fabuleux déjeuner au magasin Woolworth avant de regagner la réserve. C'est moi qui ai conduit et la Cadillac de ma tante achetée avec l'argent de l'uranium est une sacrée voiture. Il pleuvait un peu et il faisait chaud si bien qu'il y avait des arcs-en-ciel plein d'arcs-en-ciel et que je trouvais que les pins avaient l'air de vieux sages à la barbe mouillée. C'est comme ça que des fois je vois la vie et que je transforme le quotidien en magie ou en tour de cartes ou en miroir ou encore en le faisant disparaître. Tous les Indiens apprennent à devenir des magiciens et apprennent à détourner l'attention pour que la main brune soit toujours plus rapide que l'œil blanc et vous aurez beau vous approcher tout près de mon cœur vous ne découvrirez jamais mes secrets et je ne vous les dévoilerai jamais ni ne ferai deux fois le même tour.

Je voyage chargé d'illusions.

1972

Jour après jour je m'efforce de ne pas boire et je prie mais je ne sais pas si je prie le ballon de basket posé sur l'étagère sur lequel s'accumulent les cendres ou les murs nus qui m'écrasent ou encore la télévision qui ne reçoit que les chaînes publiques. Je n'ai vu que des peintres et des pêcheurs et je crois que les uns comme les autres sont le même genre d'hommes mais qu'ils ont simplement fait un choix différent à une étape quelconque de leur vie. Le pêcheur tient une canne à la main et dit oui et le peintre tient un pinceau à la main et dit oui et moi je tiens parfois une bière à la main et je dis oui. A ces moments-là j'ai tellement envie de boire que j'ai mal et que je pleure ce qui produit un bruit étrange dans notre maison parce que James refuse les larmes tout comme il refuse les mots mais il lui arrive de lever la main au-dessus de sa tête comme s'il voulait atteindre quelque chose. Hier j'ai failli buter sur Lester FallsApart écroulé soûl comme un cochon devant le Comptoir et je l'ai relevé mais il a titubé et tout tremblant est retombé. Lester j'ai dit faut que tu te remettes debout tout seul et je l'ai redressé mais il est de nouveau tombé.

Il aurait fallu être un saint pour essayer de le relever une troisième fois.

1972

Ce soir le lampadaire devant chez moi brille et je le contemple comme s'il pouvait me donner une vision. James n'a toujours pas prononcé une parole et il regarde le lampadaire comme s'il s'agissait d'un mot ou peut-être d'un verbe. James voudrait me lampadairiser pour me rendre beau et étincelant afin que les papillons de nuit et les chauves-souris volettent autour de moi comme si j'étais le centre du monde et que je détienne des secrets. Comme Joy qui dit que tout sauf les humains détient des secrets. Aujourd'hui j'ai reçu du courrier qui se résume à une facture d'électricité et une carte postale d'une femme de Seattle que j'ai aimée et qui me demande si je l'aime encore comme autrefois et si je ne voudrais pas venir lui rendre visite.

Je lui envoie ma facture d'électricité en lui disant que je ne veux plus jamais la revoir.

1973

James a parlé aujourd'hui mais j'avais le dos tourné et je ne suis pas sûr de ne pas avoir rêvé. Comme tout bon Indien il a dit patate parce que c'est tout ce qu'on mange. Mais peut-être qu'il a dit je t'aime parce que c'est ce que je voulais qu'il dise ou peut-être qu'il a dit géologie ou mathématiques ou basket scolaire. Je l'ai pris dans mes bras et je lui ai demandé plusieurs fois ce qu'il avait dit. Il s'est contenté de sourire et je l'ai emmené à la clinique où les médecins ont dit enfin c'est pas trop tôt mais vous êtes certain de ne pas avoir imaginé sa voix ? J'ai répondu que la voix de James ressemblait à un beau verre qui tombe de l'étagère et atterrit intact sur une épaisse moquette.

Le docteur a dit que j'avais une imagination très fertile.

1973

Je joue avec de jeunes Indiens et même quelques jeunes Indiennes qui ne ratent jamais un panier. Ils m'appellent vieil homme ou l'ancien et me manifestent quelque respect en ne courant pas trop vite ou trop brutalement et même en me laissant tirer un peu plus souvent que je ne le devrais. Il y a bien longtemps que je n'ai pas joué mais les impressions et les gestes sont toujours dans mon cœur et dans mes doigts. Je regarde ces enfants indiens et je sais que le basket a été inventé par un Indien bien avant que ce Naismith n'y ait seulement pensé. Quand je joue je n'ai pas envie de boire de sorte que j'aimerais jouer vingt-quatre heures sur vingt-quatre et sept jours sur sept pour ne pas me réveiller en tremblant comme une feuille avec le désir de boire une dernière bière avant d'arrêter pour de bon. James aussi le sait qui assis au bord de la touche applaudit quand mon équipe marque un panier de même qu'il applaudit l'équipe adverse quand c'est elle qui marque. Il a bon cœur. Il parle toujours quand je ne suis pas dans la chambre ou que je ne le regarde pas mais jamais quand il y a quelqu'un à portée de voix si bien que tous me croient fou. Je suis fou. Il dit des choses incroyables. Il dit E = MC2 et c'est pour ça que tous mes cousins se tuent à force de boire. Il dit que la terre est une bille ovale que personne ne peut gagner. Il dit que le ciel n'est pas bleu et que l'herbe n'est pas verte.

Il dit que tout est une question de perception.

1973

C'est Noël. James reçoit ses cadeaux et il me fait le plus beau cadeau de tous en me parlant directement. Il dit tant de choses mais la seule qui compte c'est qu'il dit que lui et moi n'avons pas le droit de mourir l'un pour l'autre mais que nous devons au contraire vivre l'un pour l'autre. Il dit que le monde fait mal. Il dit que la première chose qu'il a désirée à sa naissance c'est un coup de bourbon. Il dit tout cela et davantage. Il me dit de trouver du travail et de me laisser pousser les nattes. Il dit que si je veux continuer à jouer au basket je ferais mieux d'apprendre à tirer de la main gauche. Il me dit d'ouvrir une boutique de feux d'artifice.

A présent il y a chaque jour de petites explosions sur toute la réserve.

1974

Aujourd'hui c'est l'Exposition internationale à Spokane et James et moi y allons en voiture en compagnie de quelques-uns de mes cousins. Tous les pays sont représentés. Il y a l'art du Japon et la poterie du Mexique tandis que des gens à l'air méchant parlent de l'Allemagne. Dans un coin se trouve la statue d'un Indien supposé être un chef quelconque. Je presse un petit bouton et la statue se met à parler et à bouger les bras en faisant toujours le même mouvement. Elle dit à la foule de prendre soin de la terre parce que c'est notre mère. Je le sais très bien et James dit qu'il en sait même davantage. Il dit que la terre est notre grand-mère et que la technologie est devenue notre mère et que toutes deux se détestent. Il dit à la foule que nous n'avons pas besoin de croire à autre chose qu'à la rivière qui coule à quelques mètres de l'endroit où nous sommes. Une femme blanche me demande quel âge a James et je lui réponds qu'il a sept ans à la suite de quoi elle affirme qu'il est trop intelligent pour un petit Indien. James l'entend et dit à la femme blanche qu'elle est plutôt intelligente pour une vieille femme blanche. Je sais que c'est ainsi que tout commencera et que c'est ainsi que sera le restant de ma vie. Je sais que quand je serai vieux et malade et sur le point de mourir James lavera mon corps et s'occupera de mes déjections. Il me portera de la maison gouvernementale à la hutte à bain de vapeur et nettoiera mes plaies. Il me parlera et m'enseignera chaque jour quelque chose de nouveau.

Mais tout cela est encore si loin.

Le train est un ordre des choses conçu pour mener à un résultat

« Il y a quelque chose dans
les trains, dans le fait de boire et d'être
un Indien qui n'a rien à perdre. »

RAY YOUNG BEAR

« Balai, pelle, serpillière, poubelle », chantonnait Samuel Builds-the-Fire cependant qu'il prenait sa douche, qu'il se rasait et qu'il se faisait ses nattes.

Samuel était femme de chambre dans un motel de la Troisième Avenue. Ce matin, il voulait être tôt au travail parce que c'était son anniversaire. Il ne s'attendait pas à recevoir de cadeaux, ni de la part de ses collègues, ni de la part de la direction. Arriver de bonne heure était une espèce de cadeau qu'il se faisait à lui-même.

Le trajet à pied de son studio sur Hospital Street au centre-ville ne prenait que cinq minutes par une journée ensoleillée et quatre par une journée de pluie, mais Samuel partait de chez lui près d'une demi-heure avant l'heure à laquelle il était censé pointer. « Il est tôt, tôt, tôt », chantonna-t-il. C'était une belle journée : du soleil, un petit vent et de légers bruits qui ressemblaient à des rires s'échappant par les vitres ouvertes des voitures et des fast-foods.

Toute la semaine précédente, Samuel avait espéré trouver dans sa boîte aux lettres une carte ou une lettre de ses enfants. *Bon anniversaire* de Gallup, Nouveau-Mexique. *Meilleurs vœux* d'Anchorage. *Je t'aime* de Fort Bliss, Texas. Mais rien, et Samuel se sentait un peu triste. Toutefois, il comprenait ses enfants qui étaient tellement, tellement occupés.

« Ils ont leur propre pain frit qui cuit dans le four. Ils ont un tas de plumes à leurs coiffes de guerre, dit Samuel en entrant dans le motel.

— Ah, Samuel, l'accueillit le directeur du motel. Vous êtes en avance. Parfait. Nous avons à parler. »

Samuel le suivit dans la pièce derrière la réception. Ils s'assirent de part et d'autre du large bureau.

« Samuel, déclara le directeur, je ne sais pas comment vous l'annoncer, mais je vais devoir me séparer de vous.

— Pardon, monsieur ? » fit Samuel.

Il était sûr d'avoir entendu tout à fait autre chose.

« Samuel, cette satanée récession touche tout le monde. Il faut que je réduise mes frais, que je serre les boulons. Vous comprenez, n'est-ce pas ? »

Samuel comprenait. Il prit le chèque qui représentait le montant de ses indemnités de licenciement puis se dirigea vers la porte.

« Samuel, lui lança le directeur, dès que les choses iront mieux, vous serez le premier à être réembauché. Je vous le promets. Vous avez été un employé modèle.

— Merci, monsieur », dit Samuel en sortant.

Après avoir marché quelques minutes, il s'arrêta. Il venait de penser qu'il avait oublié de dire au directeur que c'était son anniversaire. L'espace d'un instant, il eut la conviction que cela pourrait tout changer. Mais non, c'était bien fini. Les chambres une à vingt-sept du motel de la Troisième Avenue ne seraient plus jamais propres comme il savait les rendre. Bon Dieu, il recréait ces chambres pour chaque nouveau client.

Samuel Builds-the-Fire était le père de Samuel Builds-the-Fire Jr qui était le père de Thomas Builds-the-Fire. Ils possédaient tous un talent de conteur, étaient capables de rassembler les morceaux d'une histoire qui circulait dans la rue et de changer le monde pour un moment. Dans sa jeunesse, avant même d'être un mari et un père, Samuel gagnait des paris en racontant des histoires élaborées à partir d'objets pris au hasard. Un jour qu'il se promenait avec des amis dans Riverfront Park à Spokane, un canard piqua pour s'emparer d'un hot-dog que quelqu'un avait jeté, tandis qu'au même instant, une mère blanche éloignait son fils du bord de la rivière.

« Raconte-nous une histoire là-dessus, demandèrent ses amis. Et si elle est bonne, on te donnera dix dollars.

— Vingt, dit Samuel.

— Marché conclu.

— Bon, alors voilà, fit Samuel qui ferma quelques secondes les yeux. Un jeune garçon indien, fatigué et affamé, vole un hot-dog à un vendeur sur le trottoir. Il s'enfuit dans le parc en courant et le vendeur s'élance à sa poursuite. Le petit Indien lâche le hot-dog et saute dans la rivière. Il ne sait pas nager et il se noie presque tout de suite. Le vendeur voit les conséquences de son geste, se métamorphose en canard, s'empare du hot-dog et s'envole. Le petit garçon blanc qui a assisté à toute la scène se penche au-dessus de l'eau et aperçoit le corps du jeune Indien étendu sur le lit de la rivière. Sa mère refuse pourtant de le croire et elle emmène vers la fin de l'histoire son fils qui crie et se débat en donnant des coups de pied. »

Samuel ouvrit les yeux et ses amis applaudirent puis lui donnèrent ses vingt dollars, plus un peu de monnaie.

« Voilà du bon vieil argent de poche », dit Samuel qui alla acheter des hot-dogs pour tout le monde.

« Qu'était Dieu sinon la femme de chambre de cette planète ? » se demanda Samuel cependant qu'il se surprenait à entrer à la Midway Tavern où tous les Indiens venaient boire par équipes en se relayant toutes les huit heures.

Samuel ne s'était encore jamais fait virer d'un travail de même qu'il n'était encore jamais entré dans un bar. Il n'avait jamais bu. Tout au long de sa vie, il avait vu ses frères et sœurs ainsi que la plupart des membres de sa tribu sombrer dans l'alcoolisme et les rêves avortés.

Aujourd'hui, néanmoins, il alla s'asseoir au bar, hésitant et effrayé.

« Hé, camarade, lui lança le barman. Je vous avais jamais vu dans le secteur.

— Non, fit Samuel. Je viens d'arriver en ville.

— Vous êtes d'où ?

— De très loin d'ici. Je ne pense pas que vous connaissiez.

— Oh, je connais tout le coin, dit le barman en posant un dessous de verre devant Samuel. Qu'est-ce que vous prenez, l'ancien ?

— Je ne sais pas trop. Vous avez une carte ? »

Le barman éclata de rire. Gêné, Samuel eut envie de se lever et de partir en courant. Il resta cependant assis et attendit que l'hilarité du barman se calme.

« Et si je vous servais simplement une bière ? » proposa enfin celui-ci.

Samuel s'empressa d'accepter.

Le barman posa la bière devant Samuel. Il rit de nouveau, démangé par l'envie d'appeler le journal local.

Envoyez vite un photographe. Cet Indien va boire sa première bière.

Samuel saisit le verre. C'était froid et agréable au toucher. Il but. Il toussa. Reposa un instant le verre. Le reprit. But une gorgée. Une deuxième gorgée. Ecarta le verre de ses lèvres. Respira une fois. Deux fois. But de nouveau. Vida le verre. Le reposa doucement sur le comptoir.

Je comprends tout, songea-t-il. Il savait comment cela commence. Il savait qu'il désirait dorénavant vivre ainsi.

A chaque verre de bière, Samuel gagnait une once de sagesse, une once de courage. Mais après un moment, il se mit également à trop bien comprendre la peur et l'échec. Au milieu de chaque parcours d'une nuit de beuverie, il y a un moment où l'Indien se rend compte qu'il ne peut pas revenir vers la tradition et qu'il n'a pas de carte pour le guider vers l'avenir.

« Merde », fit Samuel.

Ce devait rapidement devenir son mot favori.

Samuel avait toujours cru que l'alcool exercerait une influence néfaste sur ses histoires, les rendrait inutiles, anodines. Il savait que ses histoires possédaient le pouvoir d'enseigner, de montrer comment la vie devait être vécue. Il racontait souvent à ses enfants et à leurs amis, et ensuite à ses petits-enfants et à leurs amis, des histoires susceptibles d'enjoliver leur univers. En dernier ressort, il pouvait toujours raconter des histoires drôles qui rendaient chaque jour un peu moins douloureux.

« Ecoutez mon histoire, disait-il. Le lendemain du jour où il avait créé les Indiens, Coyote, qui est notre créateur à tous, était assis sur son nuage. Il aimait bien les Indiens, aimait bien ce qu'ils faisaient. *C'est bien,* ne cessait-il de se répéter. Mais il s'ennuyait. Il n'arrêtait pas de penser à ce qu'il pourrait faire ensuite. Comme il ne trouvait rien, il décida de se couper les ongles des pieds. Il commença par le droit et mit les rognures dans sa main droite. Puis il passa au gauche et ajouta les rognures à celles qu'il tenait déjà dans sa main droite. Il regarda autour de son nuage à la recherche d'un endroit où les jeter. Il n'en vit aucun et devint furieux. Tellement furieux qu'il se mit à sauter sur place. Alors, par accident, les rognures d'ongles lui échappèrent et tombèrent sur la terre. Elles s'enfouirent dans le sol comme des graines et poussèrent pour devenir l'homme blanc. Alors Coyote, voyant sa dernière création, s'exclama : *Oh ! merde !* »

« Les Blancs sont fous, les Blancs sont fous, chantaient les enfants en faisant la ronde autour du conteur.

— Et parfois les Indiens aussi », murmurait Samuel pour lui-même.

Une fois que Samuel leur eut transmis tout ce qu'il savait, ses enfants l'abandonnèrent. Comme le font les enfants blancs. Samuel vécut donc sur la réserve, seul, et aussi longtemps qu'il le put, sans argent et privé de toute compagnie. Tous ses amis étaient morts et les jeunes de la réserve n'avaient pas le temps d'écouter des histoires. Il se sentait comme devait se sentir le cheval au moment de l'arrivée de Henry Ford et ses voitures

Lorsqu'il finit par se décider à s'installer à Spokane, il ne trouva pour se loger qu'un petit studio, mais c'était amplement suffisant. Son premier souci fut de remplir de plâtre les quatre coins de la pièce afin de les arrondir, après quoi il peignit au centre du plafond un cercle noir qui rappelait le trou ménagé dans un tipi pour laisser passer la fumée. Son studio ressemblait maintenant à l'intérieur d'un tipi. Il avait l'impression d'être chez lui, ou presque.

Sa démarche suivante fut de se rendre au motel de la Troisième Avenue et de solliciter un poste d'employé à la réception. Le directeur lui répondit qu'il n'avait besoin que d'une femme de chambre.

« Il paraît que vous, les Indiens, vous êtes très doués pour les tâches ménagères, ajouta-t-il.

— Pour les autres, je ne sais pas, dit Samuel. Mais en ce qui me concerne, je sais tenir une maison.

— Bien, fit le directeur. Mais je ne peux pas vous payer beaucoup. Juste le salaire minimum.

— C'est déjà ça. »

Les premiers temps où Samuel y travailla, le motel était encore plus ou moins respectable, mais quand on le mit à la porte, c'était devenu un repaire de trafiquants de drogue et de prostituées.

« Pourquoi vous acceptez ces gens-là ? demanda plus d'une fois Samuel au directeur.

— Parce qu'ils paient leur note », répondait celui-ci.

Il arrivait qu'une Indienne utilise le motel pour l'exercice de sa profession, et cela faisait chaque fois souffrir Samuel au-delà de ce qu'il pouvait imaginer. Dans ses rêves, il voyait le visage de sa propre fille dans ceux des putains.

Les jours de paye, il donnait un peu d'argent aux prostituées indiennes.

« Ne travaille pas aujourd'hui, disait-il. Rien qu'aujourd'hui. »

Quelquefois elles prenaient son argent et travaillaient quand même, mais de temps en temps, l'une d'entre elles allait passer la journée dans un Denny's à boire du café au lieu de racoler des clients. Ces jours-là, Samuel était heureux.

Un an avant d'être licencié, il découvrit le corps d'un jeune Indien dans la chambre seize. Overdose. Il resta assis, les yeux fixés sur le visage du mort, jusqu'à l'arrivée de la police. Il essayait de savoir à quelle tribu il appartenait. Les yeux étaient yakimas, mais le nez lakota. Peut-être était-ce un sang-mêlé.

Quand les policiers soulevèrent le cadavre allongé sur le lit, cela produisit un bruit de déchirure qui creva presque les tympans de Samuel, et les histoires qui attendaient d'être racontées s'échappèrent pour ne jamais revenir. Après quoi, Samuel ne fut plus capable que de fredonner et de chanter des chansons qu'il connaissait déjà ou bien des chansons dépourvues de signification.

A l'heure de la fermeture du bar, on le jeta dehors. Il alla en titubant de porte fermée en porte fermée car il s'imaginait que la première qu'il trouverait ouverte serait la sienne. Il pissa dans son pantalon. Il n'arrivait pas à croire qu'il venait de perdre son travail. Il escalada un talus et se planta sur les rails de l'Union Pacific qui traversait la ville.

Samuel était exactement à quatre mètres trente-huit au-dessus du reste du monde.

Il entendit le sifflet dans le lointain. On aurait dit un troupeau de chevaux sauvages. « *I'm your horse in the night** », chanta Samuel. Une chanson de Gal Costa. Il chanta : « *I'm your horse in the night.* »

Le sifflet se fit plus fort, plein d'accents de colère.

Samuel trébucha sur un rail et tomba face contre terre sur le ballast. Le sifflet. Le sifflet. Les rails vibrèrent,

---

* « Je suis ton cheval dans la nuit. » (*N.d.T.*)

s'entrechoquèrent comme des osselets au jeu de bâton. *Il est dans ma main gauche ou dans ma main droite ?* Samuel ferma les poings et les yeux.

Parfois on appelle cela tomber ivre mort et parfois on feint simplement de dormir.

Une belle histoire

Par un calme samedi après-midi de la réserve, je fais semblant de dormir sur le canapé pendant que ma mère finit d'assembler un nouveau quilt sur le sol du living.

« Tu sais, dit-elle, ces histoires que tu racontes, elles sont plutôt tristes, pas vrai ? »

Je garde les yeux fermés.

« Junior, insiste-t-elle, tu ne crois pas que tes histoires sont trop tristes ? »

Elle ne me laissera pas tranquille.

« Qu'est-ce que tu veux dire ? » finis-je donc par demander.

Elle pose ses ciseaux et le tissu puis me regarde avec tant d'intensité que je suis obligé de me redresseɪ et d'ouvrir les yeux.

« Eh bien, dit-elle. Personne ne pleure autant que ça, tu vois ? »

Je me frotte les yeux comme s'ils étaient encore lourds de sommeil, puis je m'étire et fais des petits bruits destinés à manifester mon irritation.

« Peut-être, dis-je. Mais d'un autre côté personne ne rit autant que les gens dans mes histoires.

— Ça, c'est vrai. »

Je me lève, rajuste mon pantalon, puis je vais dans la cuisine prendre un Pepsi Light avec plein de glaçons.

Maman coud quelques minutes en silence, puis elle siffle.

« Qu'est-ce qu'y a ? je lui demande, sachant que c'est ainsi qu'elle réclame mon attention.

— Tu sais ce que tu devrais faire ? Tu devrais écrire une histoire sur quelque chose de bien, une belle histoire.

— Pourquoi ?

— Parce que les gens devraient savoir qu'il n'arrive pas que des mauvaises choses aux Indiens. »

Je bois une grande gorgée de Pepsi et je fouille dans le placard à la recherche de chips, de cacahuètes ou n'importe quoi.

« Il y a aussi des bonnes choses », reprend-elle avant de retourner à son quilt.

Je réfléchis un instant, puis je pose mon Pepsi sur le comptoir de la cuisine.

« D'accord, dis-je. Si tu veux une belle histoire, écoute. »

L'HISTOIRE

Oncle Moses, installé dans son fauteuil à sandwiches, mangeait un sandwich. Entre deux bouchées, il fredonnait une chanson gaie. Il était assis devant la maison qu'il s'était construite cinquante ans plus tôt. Elle reposait sur le sol selon des angles biscornus. Le séjour penchait à l'ouest, la chambre à l'est et la salle de bains se repliait sur elle-même.

Il n'y avait pas de fondations, pas de placards cachés, rien d'encastré dans les minces cloisons. L'un dans l'autre, c'était le genre de maison qui tiendrait encore debout des années après la mort de Moses, soutenue par l'imagination tribale. Passant en voiture, les Indiens regarderaient la maison au bout du champ et la maintiendraient debout par leurs regards, se souvenant que *Moses avait habité ici.*

Cela suffirait à assurer sa survie.

La plupart du temps, oncle Moses ne pensait pas à sa disparition. Il se contentait de finir son sandwich et de savourer longuement la dernière bouchée de pain et de viande comme s'il s'agissait du mot de la fin d'une belle histoire.

« Ya-hé », saluait-il le mouvement de l'air, l'invisible. L'été précédent, son neveu John-John lui avait raconté une histoire. John-John qui revenait de l'université lui avait dit que quatre-vingt-dix-neuf pour cent de la matière de l'univers était invisible pour l'œil humain. Depuis, Moses ne manquait pas de saluer ainsi tout ce qu'il ne pouvait pas voir.

Oncle Moses se leva, mit sa main sur sa hanche, redressa le dos. Il entendait de plus en plus sa colonne vertébrale jouer aux osselets sous sa peau, chanter de vieilles paroles poussiéreuses, les paroles de toutes les années qu'il avait vécues. Il étudia la position du soleil pour déterminer l'heure, vérifia sur sa montre, puis porta son regard vers le champ pour voir si les enfants arrivaient.

Les petits Indiens venaient avec des demi-nattes et une curiosité insatiable. Ils venaient après avoir lancé des pierres dans l'eau, après avoir joué au basket ou fait de la vannerie, après s'être échappés des bras de leurs mères et de leurs pères, après le tout début. C'était la génération des maisons gouvernementales, des accidents de voiture, du cancer, des rations de fromage et de bœuf. C'étaient les enfants qui glissaient leurs rêves dans les poches arrière de leurs jeans d'où ils les tiraient aisément pour les échanger.

« Des rêves pareils aux images de joueurs de base-ball », songea oncle Moses qui eut un large sourire en voyant le premier enfant traverser le champ en courant. Bien entendu, c'était Arnold, un garçon à la peau claire qui faisait sans cesse l'objet de railleries de la part de ses camarades.

Arnold, les yeux plissés, concentré, ne courait pas vite et son gros ventre tressautait sous l'effort. Spokane de sang pur, Arnold était pourtant né avec une jolie peau claire et des yeux dont la couleur passait tout le temps du gris au marron. Il aimait bien s'asseoir dans le fauteuil à sandwiches en attendant qu'oncle Moses lui prépare un bon sandwich.

Il lui fallut cinq minutes pour arriver, durant lesquelles Moses ne le quitta pas des yeux, étudiant ses mouvements, la façon dont ses cheveux ébouriffés s'agitaient dans toutes les directions, électriques comme des éclairs. Il n'avait pas de nattes, car il était incapable de rester assis le temps que sa mère les lui fasse.

Ne bouge pas, ne bouge pas, disait-elle entre ses dents, mais Arnold aimait trop son corps pour demeurer immobile.

Bien que gros, il conservait beaucoup de grâce dans ses mouvements ainsi que dans ses mains quand il les portait à son visage en écoutant une belle histoire. C'était aussi le meilleur basketteur de l'école primaire de la réserve. Oncle Moses allait parfois jusqu'à la cour de récréation rien que pour le voir jouer, et il s'interrogeait alors sur les dons étranges et souvent improbables que les gens recevaient quelquefois.

Nous recevons tous quelque chose pour compenser ce que nous avons perdu. Moses sentait les mots se former en silence.

Arnold arriva, tout essoufflé.

« Ya-hé, Petit Homme, l'accueillit oncle Moses.

— Bonjour, oncle, répondit Arnold qui tendit la main d'un geste à la fois timide et adulte, un geste d'enfant et une affirmation d'amitié.

— Où sont les autres ? demanda oncle Moses, serrant la main d'Arnold.

— Il y avait une sortie éducative, répondit celui-ci. Ils sont partis voir un match de base-ball à Spokane. Je me suis caché jusqu'à leur départ.

— Pourquoi ?

— Parce que je voulais te voir. »

Moses sourit devant cette preuve spontanée de gentillesse. Il garda la main du garçon dans la sienne et l'attira vers lui.

« Petit Homme, tu as bien agi. »

Arnold sourit, retira sa main pour dissimuler son sourire qui s'élargissait.

« Oncle Moses, dit-il à travers ses doigts, raconte-moi une belle histoire. »

Oncle Moses s'assit dans le fauteuil à histoires et raconta cette histoire-là.

LA FINITION

Ma mère se tait, défait une couture, puis se met à fredonner une chanson lente, bougeant à peine ses lèvres minces.

« Qu'est-ce que tu chantes ?

— Une chanson gaie. »

Elle sourit et je me sens obligé de joindre mon sourire au sien.

« Mon histoire t'a plu ? » je lui demande.

Elle continue à fredonner mais un peu plus fort et un peu plus distinctement, tandis que je prends mon Pepsi

Light pour aller attendre dehors au soleil. Il fait chaud, il fera bientôt froid, mais c'est dans l'avenir, peut-être demain, probablement après-demain et tous les jours qui suivront. Aujourd'hui, maintenant, je bois ce que j'ai, je mangerai ce qui reste dans le placard, pendant que ma mère finira d'assembler son quilt, pièce par pièce.

Croyez-moi, il n'y a guère de beauté dans tout cela.

Le premier lancer de fers à cheval
et barbecue annuel pour Indiens

Quelqu'un a oublié le charbon de bois. Prenez-vous-en au Bureau des Affaires indiennes.

Je n'avais jamais entendu un Indien jouer du piano avant que Victor achète un demi-queue d'occasion au marché aux puces et le ramène sur la réserve à l'arrière d'un pick-up du Bureau des Affaires indiennes. Tout l'été, le piano est resté exposé aux araignées et aux pluies chaudes, jusqu'au moment où il s'est mis à grossir comme une belle tumeur. Je demandais tout le temps à Victor : « Victor, quand est-ce que tu vas en jouer ? » Il souriait, murmurait une prière inintelligible et me répondait dans un souffle : « Il y a un jour pour mourir et un jour pour jouer du piano. » Juste avant le barbecue, Victor a poussé le piano à travers la moitié du territoire de la réserve, l'a coincé contre le tronc d'un pin, a assoupli ses muscles, fait craquer ses jointures, puis s'est assis devant le clavier et a joué du Bartók. Dans le long silence qui a suivi, après les superbes dissonances et la survie qu'elles impliquaient, les Spokanes ont fondu en larmes, stupéfiés par cette musique à la fois étrange et familière.

« Bon, a fait Lester FallsApart, c'est pas du Hank Williams, mais je sais ce que ça signifie. »

A quoi Nadine a ajouté :

« On en apprend beaucoup sur une famille selon que son piano est ou non accordé. »

Il y a quelque chose de beau dans l'herbe fraîche sous une table de pique-nique. J'étais là, à moitié endormi, quand ma chérie s'est glissée en dessous, m'a entouré de ses bras et m'a chanté une chanson à l'oreille. Son haleine était douce et humide, parfumée à la boisson à la fraise et au hot-dog, *moutarde mais pas de ketchup, s'il vous plaît*. Le soleil qui filtrait entre les planches et les trous laissés dans le bois par les nœuds parvenait tout juste à me chauffer le visage.

Il y a quelque chose de beau dans un garçon indien aux cheveux si noirs qu'ils attrapent le soleil. Ses nattes sont chaudes au toucher et sa peau brille de la sueur de la réserve. Il est maigre et il ne sait pas cracher. A la course à pied il détient le ruban bleu, et à la lutte il a remporté une médaille avec un aigle gravé dans du métal bon marché. On a pris des photos dont je me sers à présent comme preuve de son sourire.

Il y a quelque chose de beau dans les morceaux de verre et les visions qu'ils génèrent. Par exemple, les bouts de verre de cette bouteille de bière cassée m'ont dit que je trouverais un billet de vingt dollars caché au milieu d'une fourmilière. J'ai plongé la main jusqu'au coude dans les fourmis et je n'ai trouvé qu'un mot disant : *Il y a des gens qui sont prêts à croire n'importe quoi.* J'ai éclaté de rire.

Il y a quelque chose de beau dans une fête de tous les jours.

166

Simon a gagné le lancer de fers à cheval en réussissant à en passer deux autour du piquet, un coup si parfait que nous avons tous su que ses petits-enfants en parleraient encore, et il a aussi gagné le concours d'histoires en nous racontant que dans le temps la Spokane River grouillait tellement de saumons que les Indiens pouvaient la traverser en marchant sur leur dos.

« Vous ne croyez tout de même pas que Jésus-Christ a marché sur l'eau grâce à sa seule foi ? » nous a-t-il demandé à tous.

Simon a gagné le concours du coyote en nous disant que le basket devrait être notre nouvelle religion.

Il a dit : « Le ballon qui rebondit sur un parquet sonne comme un tambour. »

Il a dit : « Un maillot de champion fait de vous un Porteur de Chemise. »

Simon a gagné le tournoi de basket à un contre un grâce à un tir de cent mètres.

« Vous croyez que c'est le fruit d'une coïncidence que le basket ait été inventé un an après que ceux qui dansaient la danse des Esprits furent tombés à Wounded Knee ? » a-t-il demandé, s'adressant à vous comme à moi.

Et puis Seymour a dit à Simon : « Maintenant que tu as gagné tous ces concours, tu es presque aussi célèbre que le meilleur xylophoniste du monde. »

Tous les Indiens couraient, couraient. Il n'y avait pas de peur, pas de souffrances. C'était le plaisir des pieds nus dans les chaussures de tennis. C'était le plaisir des chaussures de tennis sur la boue rouge.

Ce Peau-Rouge aux longs cheveux adossé contre le

pin, *oui, celui-là,* est amoureux de cette Peau-Rouge assise à la table de pique-nique qui boit un Pepsi. Ni l'un ni l'autre ne possèdent les mots pour le dire, mais ils savent danser, *oui, ils savent danser.*

Vous entendez les rêves craquer comme un feu de camp ? Vous entendez les rêves bruire à travers les pins et les tipis ? Vous entendez les rêves rire dans la sciure ? Vous entendez les rêves trembler un tout petit peu cependant que les jours rallongent ? Vous entendez les rêves passer un bon blouson qui sent le pain frit et la fumée douce ? Vous entendez les rêves veiller tard et raconter tant d'histoires ?

Et enfin ceci : alors que le soleil se couchait, si magnifique que nous n'avons pas eu le temps de lui donner un nom, elle a tendu l'enfant né d'une mère blanche et d'un père rouge, et elle a dit : « Les deux côtés de ce bébé sont beaux. »

Imagine la réserve

« Il faut croire au pouvoir de l'imagination parce que c'est tout ce que nous avons et que le nôtre est plus fort que le leur. »

LAWRENCE THORNTON

Imagine que Crazy Horse ait inventé la bombe atomique en 1876 et l'ait lâchée sur Washington. Les Indiens des villes seraient-ils encore écroulés dans leur une-pièce au sein de la réserve de la télévision par câble ? Imagine qu'une miche de pain puisse nourrir la tribu entière. Tu ne savais pas que Jésus-Christ était un Indien Spokane ? Imagine que Christophe Colomb débarquant en 1492 ait été noyé dans l'océan par une tribu ou une autre. Lester FallsApart faucherait-il dans le magasin 7-Eleven ?

Je suis dans le 7-Eleven de mes rêves, cerné par cinq cents ans de mensonges commodes. Il y a ici des hommes qui font l'inventaire, qui examinent les allées à la recherche du moindre changement, qui étiquettent tout. Autrefois, j'ai travaillé de nuit dans un 7-Eleven de Seattle jusqu'à ce qu'un soir un type m'ait enfermé dans le réfrigérateur avant de s'enfuir avec l'argent de la caisse, et surtout, après m'avoir dépouillé de mon seul et unique dollar ainsi que de mes baskets pour me laisser attendre les secours au milieu des boîtes de lait périmées et des œufs cassés. C'est là que je me suis souvenu de l'histoire du vagabond qui avait sauté dans un train roulant vers l'est, s'était retrouvé enfermé dans un wagon réfrigéré et était mort gelé. On l'avait découvert au terminus, le corps transformé en glaçon alors qu'on n'avait jamais mis la réfrigération en route et que la température à l'intérieur n'était jamais tombée en dessous de moins dix. Ce qui se passe, c'est que le corps oublie le rythme nécessaire pour survivre.

Survie = Colère × Imagination. L'imagination est la seule arme qui existe sur la réserve.

La réserve ne chante plus mais les chants planent toujours dans l'air. Chaque molécule attend un battement de tambour, chaque élément rêve de paroles. Aujourd'hui je marche entre l'eau, entre deux atomes d'hydrogène et un atome d'oxygène, et l'énergie libérée s'appelle *Pardon*.

L'enfant indien entend ma voix au téléphone et il sait de quelle couleur est ma chemise. Il y a quelques jours ou quelques années, mon frère et moi l'avons emmené dans un bar et il a lu notre avenir en touchant nos mains. Il m'a dit que le billet de vingt dollars dissimulé dans ma chaussure allait changer ma vie. *Imagine*, a-t-il ajouté. Nous avons tous ri, le vieux Moses en a même craché son dentier, mais l'enfant indien a touché une autre main, puis une autre, et une autre encore, jusqu'à ce qu'il ait touché tous les Peaux-Rouges. *Pour qui tu te prends ?* a demandé Seymour à l'enfant indien. Alors l'enfant indien lui a dit que sa fille disparue se trouvait dans un centre universitaire à San Francisco et son alliance disparue dans une boîte de ration de bœuf en haut d'une étagère de sa cuisine. L'enfant indien a dit à Lester que son cœur était enfoui au pied d'un pin derrière le Comptoir. L'enfant indien m'a dit de briser toutes les glaces de ma maison et de scotcher les morceaux sur moi. J'ai obéi à sa vision et l'enfant indien a ri à gorge déployée quand il m'a vu, tandis que je reflétais les derniers mots de l'histoire.

A quoi crois-tu ? Chaque Indien dépend-il de Hollywood pour une vision du vingtième siècle ? Ecoute : quand j'étais jeune, que je vivais sur la réserve et que je mangeais tous les jours des pommes de terre, j'imaginais qu'elles grossissaient et emplissaient le vide de mon estomac. Avec leurs quelques *quarters* d'économies, mes sœurs ont acheté des colorants alimentaires. Des semaines durant, nous avons mangé des pommes de terre rouges, des pommes de terre vertes, des pommes de terre bleues. Dans le noir, la télévision allumée, mon père et moi racontions des histoires sur ce que nous aimerions le plus manger. Nous imaginions des oranges, du Pepsi-Cola, du chocolat, de la viande de cerf séchée. Nous imaginions que le sel de notre peau pourrait changer le monde.

Le 4 Juillet et c'est l'enfer. Adrian, j'attends que quelqu'un dise la vérité. Aujourd'hui, je fête le garçon indien qui a eu les doigts arrachés quand un pétard lui a explosé dans la main. Mais grâce à Dieu qui fait des miracles, il lui reste un pouce à opposer à son avenir. Je fête Tony Swaggard qui dormait dans le sous-sol avec pour deux mille dollars de feux d'artifice quand une étincelle de flamme ou d'histoire a tout fait partir. Je rentrais à la maison en voiture quand j'ai entendu l'explosion et j'ai pensé qu'il s'agissait de la naissance d'une nouvelle histoire. Mais tu vois, Adrian, c'est toujours la même histoire, murmurée au travers des mêmes fausses dents. Comment pourrions-nous inventer un nouveau langage alors que le langage de l'ennemi conserve, accrochées à sa ceinture, nos langues démembrées ? Comment pourrions-nous imaginer un nouvel alphabet alors que l'ancien saute des panneaux d'affichage pour atterrir dans nos estomacs ? Qu'est-ce que tu as dit, Adrian ? *Je voudrais bien verser dans la cryptologie et prononcer des paroles dynamiques, mais ce soir c'est mon soir de lessive.* Comment pourrions-nous imaginer une nouvelle vie alors que nos poches pleines de *quarters* pèsent sur les possibilités qui s'offrent à nous ?

Il y a tant de possibilités dans la réserve 7-Eleven, tant de méthodes de survie. Imagine que chaque Peau-Rouge de la réserve soit le nouveau guitariste solo des Rolling Stones et fasse la couverture d'un magazine de rock. Imagine qu'on vende deux pardons pour le prix d'un. Imagine que chaque Indien soit un jeu vidéo avec des nattes. Tu crois que le rire peut nous sauver ? Tout ce que je sais, c'est que je compte les coyotes pour m'endormir. Tu l'ignorais ? L'imagination est la politique des rêves. L'imagination transforme tous les mots en fusées de feu d'artifice. Imagine, Adrian, que chaque jour soit la fête de l'Indépendance et nous évite de voyager sur la rivière changée, nous évite de faire en stop la longue route qui nous ramène chez nous. Imagine une évasion. Imagine que ton ombre sur le mur soit une porte parfaite. Imagine un chant plus fort que la pénicilline. Imagine l'eau d'une source qui ressoude les os brisés. Imagine un tambour qui s'enroule autour de ton cœur. Imagine une histoire qui mette du bois dans la cheminée.

La taille approximative
de ma tumeur préférée

Après la discussion où j'avais eu le dessous mais où j'avais feint d'avoir le dessus, je suis sorti en coup de vent de la maison gouvernementale, j'ai sauté dans la voiture et je me suis préparé à partir auréolé de ma victoire, laquelle pouvait être également considérée comme une défaite. Seulement, je me suis aperçu que je n'avais pas pris mes clés. Dans un moment pareil, on commence à se rendre compte qu'on se laisse parfois prendre à ses propres pièges, de même que dans un moment pareil, on essaie d'inventer un nouveau jeu pour compenser l'échec du premier.

« Chérie, je suis là », ai-je crié en regagnant la maison.

Ma femme a fait comme si de rien n'était et m'a adressé un regard stoïque qui m'a impressionné par sa ressemblance avec celui de générations d'Indiens comme on les voit à la télévision.

« Qu'est-ce qui se passe ? ai-je demandé. Tu fais ta Tonto ? »

Elle a haussé les épaules et a disparu dans la chambre.

« Chérie, ai-je lancé, je ne t'ai pas manqué ? C'est si bon d'être de retour après une aussi longue absence. De se sentir chez soi. »

Je l'entendais ouvrir et refermer les tiroirs de la commode.

« Et regarde les enfants, ai-je repris en caressant la tête d'enfants imaginaires. Ils ont tellement grandi. Oh, mais ils ont tes yeux. »

Elle est sortie de la chambre vêtue de sa chemise à rubans préférée, les cheveux noués avec ses plus beaux lacets et chaussée de bottes « viens ici ». Vous savez bien, le genre avec le bout incurvé qui évoque le doigt de quelqu'un qui vous fait signe *Viens ici, cow-boy, viens voir un peu par ici*, mais le doigt de quelqu'un qui ne s'adresserait pas à moi, car moi je suis un Indien.

« Chérie, ai-je dit. Je reviens de la guerre et tu pars déjà ? On n'embrasse pas le héros de retour du front ? »

A ma grande satisfaction, elle a fait comme si je n'existais pas, mais ensuite elle a décroché les clés de sa voiture, s'est étudiée un instant dans la glace, puis s'est dirigée vers la porte. J'ai bondi pour m'interposer, conscient qu'elle avait l'intention de déclencher sa propre guerre, ce qui me flanquait une trouille bleue.

« Hé ! Je ne faisais que plaisanter, ma chérie. Excuse-moi. Je n'avais pas de mauvaises intentions. Je ferai ce que tu voudras. »

Elle m'a écarté, et après avoir ajusté ses rêves et tiré sur ses nattes pour démarrer, elle a franchi le seuil. Je l'ai suivie et, planté sur la véranda, je l'ai regardée monter dans sa voiture et mettre le moteur en marche.

« Je vais danser, m'a-t-elle lancé en partant vers le soleil couchant ou, en tout cas, vers la route de la réserve qui conduit à la Taverne du Pow-wow.

— Mais qu'est-ce que je vais donner à manger aux enfants ? » ai-je protesté en rentrant dans la maison pour me nourrir, moi et mes illusions.

Après un dîner composé de macaronis et de fromage gouvernemental, j'ai mis ma plus belle chemise, un jean neuf et j'ai été faire du stop sur la route de la réserve. Comme le soleil était déjà couché, j'ai décidé de partir pour l'inconnu, de fait pour cette même Taverne du Pow-wow où ma chérie s'était enfuie une heure plus tôt.

Tandis que je me tenais sur le bord de la route, agitant mon gros pouce brun dans la direction voulue, Simon est arrivé dans son pick-up, s'est arrêté et a ouvert la portière côté passager en criant :

« Merde ! Si j'en crois mes yeux c'est bien Jimmy-Un-Cheval ! Où tu vas, cousin, et pour quand tu veux y être ? »

J'ai hésité un instant à monter. Simon était célèbre si ce n'est dans le monde entier du moins sur la réserve des Indiens Spokanes pour conduire en marche arrière. Il respectait à la lettre les limitations de vitesse, les feux de signalisation et tous les panneaux, mais il roulait en marche arrière en se guidant grâce au rétroviseur. Avais-je vraiment le choix ? Je lui faisais confiance, et quand on fait confiance à quelqu'un, il faut également faire confiance à son cheval.

« Je vais à la Taverne du Pow-wow, ai-je dit en grimpant dans sa bagnole. Et il faut que j'y sois avant que ma femme se trouve un cavalier.

— Merde ! a fait Simon. Pourquoi tu l'as pas dit plus tôt ? Bon, on y sera avant qu'elle entende la première putain de note de la première putain de chanson. »

Simon a enclenché l'unique vitesse de son pick-up, à savoir la marche arrière, puis a démarré en trombe. J'avais envie de passer la tête par la portière comme un chien et de laisser mes nattes claquer dans le vent comme la langue d'un chien, mais le souci des bonnes manières m'a retenu. N'empêche que c'était tentant, et que ça l'a toujours été.

« Alors, petit Jimmy-Seize-Chevaux-et-Demi, m'a demandé

Simon un instant plus tard. Qu'est-ce que tu as fait ce coup-ci pour que ta femme se tire ?

— Eh bien, je lui ai dit la vérité. Je lui ai dit que j'avais un cancer qui se généralisait. »

Simon a écrasé le frein et le pick-up s'est immobilisé après un dérapage digne d'une scène de cinéma.

« Ce n'est pas un sujet de plaisanterie ! s'est-il écrié.

— Ce n'est pas à propos du cancer que je plaisantais, mais à propos de ma mort et ça l'a fichue en rogne.

— Qu'est-ce que tu lui as dit ?

— Eh bien, que le médecin m'avait montré mes radios et que ma tumeur préférée avait à peu près la taille d'un ballon de basket, et la forme aussi. Avec même les coutures.

— T'es vraiment le roi des cons, a dit Simon.

— Pas vraiment. Je lui ai demandé de m'appeler Babe Ruth, Roger Maris, Hank Aaron ou du nom de n'importe quel joueur de base-ball parce que je devais avoir environ sept cent cinquante-cinq foutues tumeurs en moi, et après je lui ai dit que je partais pour le musée des gens célèbres de Cooperstown où j'allais m'exposer avec mes radios agrafées sur la poitrine, les tumeurs bien en vue. Quel bon fan de base-ball je ferais ! Quel beau sacrifice à la gloire de notre sport national !

— Tu n'es qu'un pauvre type, petit Jimmy-Zéro-Cheval.

— Je sais, je sais. »

Simon est reparti en direction d'un avenir incertain, lequel, comme toujours, s'appelait simplement la Taverne du Pow-wow.

On a effectué le reste du trajet en silence. Parce que ni lui ni moi n'avions quoi que ce soit à dire. Cependant, je l'entendais respirer et je suis sûr que de son côté il m'entendait aussi. Une fois, il a toussé.

« Voilà, cousin, a-t-il enfin dit en se garant devant la

Taverne du Pow-wow. J'espère que tout s'arrangera, tu sais. »

Je lui ai serré la main, je lui ai fait quelques cadeaux trop importants et quelques promesses qu'il savait n'être que des promesses, puis j'ai agité le bras comme un fou tandis qu'il s'éloignait en marche arrière et disparaissait du reste de ma vie. Après quoi, je suis entré dans la taverne en me secouant comme un chien mouillé. J'avais toujours eu envie d'entrer ainsi dans un bar.

« Où est Suzy Boyd, nom de Dieu ? ai-je demandé.

— Ici, ducon, a répondu rapidement et succinctement Suzy.

— Bon, Suzy, alors où est ma femme, nom de Dieu ?

— Ici, ducon », a répondu rapidement et succinctement ma femme.

Elle s'est tue une seconde avant d'ajouter :

« Et puis, cesse de m'appeler ta femme. Ça me donne l'impression d'être une boule de bowling ou un machin comme ça.

— Bon, d'accord, Norma. »

Je me suis assis à côté d'elle, puis j'ai commandé un Pepsi Light pour moi et un pichet de bière pour la table voisine. Il n'y avait personne à la table voisine. C'est juste une habitude que j'ai. Quelqu'un viendra sans doute s'installer pour le boire.

« Norma, ai-je repris. Je suis désolé. Je suis désolé d'avoir un cancer et je suis désolé de mourir. »

Elle a bu une grande gorgée de son Pepsi Light et m'a considéré longuement. Fixement.

« Tu vas continuer à faire des plaisanteries là-dessus ? a-t-elle fini par me demander.

— Juste une ou deux, peut-être », ai-je répondu avec un sourire.

C'était ce qu'il ne fallait pas dire. Norma m'a giflé sous le coup de la colère, puis elle a pris un air soucieux cependant qu'elle se demandait quelles conséquences pouvait avoir une gifle sur quelqu'un atteint d'un cancer incurable, puis elle a paru de nouveau en colère.

« Si tu recommences, je te quitte, a-t-elle dit. Et je suis sérieuse. »

Mon sourire s'est effacé une fraction de seconde, j'ai pris la main de Norma, et j'ai dit quelque chose d'incroyablement drôle, peut-être le meilleur bon mot que j'aie jamais fait et qui m'aurait peut-être rendu célèbre partout ailleurs, mais ici, à la Taverne du Pow-wow, qui n'était qu'une façade derrière laquelle se dissimulait la réalité, Norma a écouté, après quoi elle s'est levée et m'a quitté.

Et maintenant que Norma m'a quitté, il me semble plus indispensable encore de raconter comment elle a débarqué dans ma vie.

Un samedi soir, j'étais attablé à la Taverne du Pow-wow devant mon Pepsi Light et mon cousin Raymond, l'un de mes cousins préférés.

« Regarde, regarde », me dit-il comme Norma entrait.

Elle mesurait plus de un mètre quatre-vingts. Enfin, peut-être pas tout à fait, mais en tout cas elle était plus grande que moi et que tous ceux qui se trouvaient dans le bar à l'exception des joueurs de basket.

« De quelle tribu tu crois qu'elle est ? me demanda Raymond.

— Amazone, répondis-je.

— Leur réserve est du côté de Santa Fe, pas vrai ? »

Je ris si fort que Norma vint voir ce qui se passait.

« Bonjour, petits frères, nous dit-elle. Vous me payez un coup ?

— Qu'est-ce que tu bois ? lui demandai-je.

— Un Pepsi Light. »

Je compris aussitôt qu'on allait tomber amoureux l'un de l'autre.

« Tu sais, dis-je, si je volais mille chevaux, je t'en donnerais cinq cent un.

— Et à quelles autres femmes tu donnerais les quatre cent quatre-vingt-dix-neuf qui restent ? » fit-elle.

On rit et notre hilarité redoubla quand Raymond se pencha au-dessus de la table et dit :

« J'ai pas compris. »

A la fermeture de la taverne, Norma et moi on s'installa dans ma voiture pour fumer une cigarette ensemble. Ou plutôt, devrais-je dire, pour faire semblant de fumer une cigarette ensemble puisque ni elle ni moi ne fumions. Chacun pensait que l'autre fumait et voulait donc partager ce plaisir avec lui.

Après une heure ou deux passées à raconter des histoires entre deux quintes de toux ou de rire, on alla dans ma maison gouvernementale regarder la télévision. Raymond était écroulé, ivre mort, sur la banquette arrière de ma voiture.

« Hé, dit Norma. Ce cousin à toi, il n'est pas très futé.

— Non, mais il est sympa.

— Je suppose, parce que t'es vachement gentil avec lui.

— Dis donc, c'est mon cousin. C'est normal. »

Là-dessus, elle m'embrassa. D'abord doucement. Puis violemment. Nos dents s'entrechoquèrent comme chez deux collégiens lors d'un premier baiser. Pourtant, on resta sur le canapé à s'embrasser jusqu'à ce que la télé déclare forfait et n'affiche plus qu'un écran blanc et un silence peuplé de grésillements. Fin d'une nouvelle journée d'émissions.

« Bon, dis-je alors. Je vais te ramener chez toi.

— Chez moi ? Je croyais que c'était ici chez moi.

— Bon, bon, mon tipi est ton tipi », déclarai-je.

Et elle a vécu ici jusqu'au jour où je lui ai annoncé que j'avais un cancer incurable.

Il faut quand même que je parle du mariage. On le célébra dans la Maison-longue de la tribu des Spokanes en présence de tous mes cousins et de tous les siens. Soit près de deux cents personnes. Tout se déroula sans anicroche jusqu'au moment où Raymond, mon cousin presque préféré, soûl comme un cochon, se leva au milieu de la cérémonie, l'esprit à l'évidence un peu confus.

« Je me souviens très bien de Jimmy, déclara-t-il avant d'entamer mon éloge funèbre alors que je me tenais à deux pas de lui. Jimmy avait toujours le mot pour rire et il vous faisait tout le temps rigoler. Je me rappelle, pendant la veillée funèbre pour ma grand-mère, il était debout à côté du cercueil. N'oubliez pas qu'il n'avait que sept ou huit ans à l'époque. Il s'est mis soudain à sauter sur place en criant : *Elle a bougé, elle a bougé !* »

Tout le monde éclata de rire, car la noce se composait à peu près des mêmes personnes que l'enterrement. Raymond sourit, fier de se découvrir une soudaine aisance lorsqu'il s'exprimait en public, et il poursuivit :

« Jimmy remontait toujours le moral des gens. Je me rappelle le jour où lui et moi étions en train de boire à la Taverne du Pow-wow quand Lester FallsApart a déboulé en disant que dix Indiens venaient de se tuer dans un accident de voiture sur Fort Canyon Road. *Dix Peaux-Rouges ?* j'ai demandé à Lester. *Ouais, dix,* il m'a répondu. Alors Jimmy s'est mis à chanter : *Un petit Indien, deux petits Indiens, trois petits Indiens, quatre petits Indiens, cinq petits Indiens, six petits Indiens, sept petits Indiens, huit petits Indiens, neuf petits Indiens, dix petits Indiens.* »

Il y eut de nouveaux rires, mais un peu tendus cette fois, de sorte que je saisis Raymond par le bras pour le reconduire à sa place. Il me contempla avec des yeux ronds et s'efforça de concilier l'éloge funèbre qu'il venait de prononcer avec ma soudaine apparition. Il resta assis sur son siège jusqu'au moment où le pasteur posa la question rituelle et de pure forme :

« Si quelqu'un a des objections à formuler quant à cette union, qu'il le fasse maintenant. »

Raymond se mit difficilement debout, puis il s'avança en titubant vers le pasteur et trébucha sur les marches.

« Mon révérend, balbutia-t-il d'une voix avinée, je regrette d'interrompre la cérémonie, mais mon cousin est mort, vous savez ? Il me semble que ça pose un petit problème, non ? »

Là-dessus, il s'écroula et le pasteur nous maria, tandis que Raymond, manquant totalement de tenue, restait effondré sur nos pieds.

Cela faisait maintenant trois mois que Norma m'avait quitté. J'étais sur mon lit d'hôpital à Spokane après une autre de ces stupides et inutiles séances de radiothérapie.

« Mon Dieu, ai-je dit au médecin de service, encore quelques trucs comme ça, et je serai Superman.

— Ah bon ? a répliqué la doctoresse. Je n'avais jamais remarqué que Clark Kent était un Indien Spokane. »

On a ri, vous savez, parce que le rire est la seule chose que deux personnes ont en commun.

« Alors, votre dernier pronostic ? ai-je demandé.

— Eh bien, il se résume à ça : vous êtes en train de mourir.

— Encore ?

— Oui, Jimmy, vous êtes encore en train de mourir. »

Et on a de nouveau ri, vous savez, parce que des fois on préférerait pleurer.

« Bon, a conclu la doctoresse, j'ai d'autres malades à voir. »

Alors qu'elle sortait, j'ai eu envie de la rappeler pour me confesser, pour demander pardon, pour avouer la vérité en échange de mon salut. Mais ce n'était qu'un médecin. Un bon médecin, mais rien qu'un médecin.

« Hé ! docteur Adams !

— Oui ? a-t-elle dit.

— Rien. Je voulais juste prononcer votre nom. Il sonne comme des tambours aux oreilles d'un Indien bourré de médicaments comme moi. »

Elle a ri et j'ai ri aussi. Voilà.

Norma était la championne du monde du pain frit. Son pain frit était parfait, pareil à un rêve dont on se réveille pour dire : *Je ne voulais pas me réveiller.*

« Je crois que c'est le meilleur pain frit que tu aies jamais fait », lui dis-je un jour.

C'était le 22 janvier.

« Merci, dit-elle. Maintenant, il faut que tu fasses la vaisselle. »

J'étais donc en train de laver la vaisselle quand le téléphone sonna. Norma alla répondre et j'entendis une partie de la conversation, à savoir ce qu'elle disait.

« Allô ?

— Oui, Norma Nombreux Chevaux à l'appareil. »

« Non. »

« Non ! »

« Non ! » hurla Norma en lâchant brutalement le téléphone avant de sortir en courant.

Après une seconde d'hésitation, je me décidai à prendre la communication. J'avais peur de ce que j'allais entendre.

« Allô ? dis-je.

— Qui est à l'appareil ? demanda la voix au bout du fil.

— Jimmy Nombreux Chevaux. Je suis le mari de Norma.

— Ah, Mr. Nombreux Chevaux. Je regrette d'être porteur de mauvaises nouvelles, mais... euh... comme je viens de le dire à votre femme, votre belle-mère est décédée ce matin.

— Merci », dis-je en raccrochant.

Norma était rentrée.

« Oh, Jimmy ! balbutia-t-elle à travers ses larmes.

— Je n'arrive pas à croire que je viens de dire *merci* à ce type ! Merci pour quoi ? Parce que ma belle-mère est morte ? Pour m'avoir annoncé que ma belle-mère était morte ? Pour m'avoir annoncé que ma belle-mère était morte et pour avoir fait pleurer ma femme ?

— Jimmy, arrête ! Ce n'est pas drôle. »

Mais je n'ai pas arrêté. Ni ce jour-là, ni par la suite.

Il ne faut pourtant pas oublier que le rire nous a aussi épargné des souffrances à Norma et moi. L'humour était un antiseptique qui nettoyait les plus profondes des blessures personnelles.

Un jour, un agent de la police routière de l'Etat de Washington nous a arrêtés tandis qu'on se rendait à Spokane pour voir un film et dîner d'un hamburger au 7-Eleven.

« Excusez-moi, monsieur l'agent, demandai-je. Qu'ai-je fait de mal ?

— Vous n'avez pas mis votre clignotant quand vous avez tourné il y a quelques instants. »

185

Voilà qui était intéressant dans la mesure où je roulais sur une route toute droite depuis près de dix kilomètres. Les seuls embranchements étaient ceux de chemins de terre qui menaient à des maisons où n'habitait personne que je connaissais. Je savais comment on jouait à ce petit jeu. Tout ce qu'on pouvait espérer, c'était limiter les dégâts.

« Je m'excuse, monsieur l'agent, dis-je. Mais vous savez ce que c'est. J'écoutais la radio, je battais la mesure avec le pied. C'étaient des tambours, vous voyez ?

— Peu importe. Permis de conduire, carte grise, certificat d'assurance. »

Je lui tendis les papiers auxquels il jeta à peine un coup d'œil, puis il se pencha par la vitre ouverte.

« Hé, chef, vous avez bu ? demanda-t-il.

— Je ne bois pas.

— Et la femme à côté de vous ?

— Posez-lui vous-même la question », dis-je.

Le flic me dévisagea, cligna des paupières, garda quelques secondes de silence pour accentuer l'effet dramatique, puis répliqua :

« Ne vous avisez pas de me dire ce que je dois faire.

— Moi non plus, je ne bois pas, s'empressa de déclarer Norma, voulant éviter que la situation s'envenime. Et de toute façon, je ne conduis pas.

— Ça n'entre pas en ligne de compte, dit le flic. L'Etat de Washington a édicté une nouvelle loi qui interdit de transporter des passagers à bord d'une voiture indienne.

— C'est pas une nouvelle loi, monsieur l'agent, dis-je. Nous la connaissons depuis deux cents ans. »

Le flic eut un léger sourire, un sourire méchant, vous voyez le genre.

« Quoi qu'il en soit, dit-il, je pense qu'on pourrait parvenir à un accord pour que ça ne figure pas dans votre dossier.

— Et il me coûterait combien cet accord ?

— Qu'est-ce que vous avez sur vous ?

— Une centaine de dollars.

— Bon, fit le flic. Je ne voudrais pas vous laisser sans le sou. Mettons que l'amende se monte à quatre-vingt-dix-neuf dollars. »

Je lui donnai néanmoins tout, quatre billets de vingt, un billet de dix, huit billets de un dollar et deux cents *cents* dans un sac en papier.

« Tenez, dis-je. Prenez tout. Le dollar en plus, c'est pour le pourboire. Nous sommes ravis du service. »

Norma faillit s'étrangler de rire. La main devant la bouche, elle fit semblant de tousser. Le flic rougit. Je veux dire qu'il devint plus rouge qu'il ne l'était déjà.

« A la réflexion, dis-je en fixant son insigne, je crois que je vais écrire à votre supérieur. Je lui dirai que l'agent D. Nolan, numéro de matricule 1376, s'est montré d'une politesse et d'une courtoisie exemplaires, et surtout d'une honnêteté à toute épreuve. »

Cette fois, Norma éclata franchement de rire.

« Dites donc, fit le flic, je pourrais aussi vous arrêter sur-le-champ. Pour conduite dangereuse, rébellion et menaces à représentant de la loi.

— Dans ce cas, intervint Norma, entrant dans le jeu, je ne manquerai pas de dire à tout le monde combien vous avez été respectueux de nos traditions, combien vous vous êtes montré compréhensif et conscient des problèmes sociaux qui engendrent la criminalité qui touche tant d'Indiens. Je dirai combien vous avez été compatissant, sensible et intelligent.

— Saloperies d'Indiens, cracha le flic en jetant le sac en papier dans la voiture, de sorte que les pièces s'éparpillèrent sur les sièges et roulèrent sur le plancher. Et gardez votre putain de monnaie ! »

On le regarda regagner la voiture de patrouille et démarrer en trombe, commettant quatre ou cinq infractions au code de la route tandis qu'il effectuait un demi-tour interdit dans un hurlement de pneus, franchissait la ligne jaune, roulait à l'évidence au-dessus de la vitesse autorisée et grillait un stop sans actionner sa sirène ni mettre son gyrophare.

Hilares, on ramassa les pièces. Heureusement qu'il nous les avait rendues, parce que sinon on n'aurait pas pu prendre de l'essence pour rentrer.

Après le départ de Norma, il m'arrivait de recevoir de temps en temps des cartes postales en provenance de pow-wows à travers tout le pays. Je lui manquais dans l'Etat de Washington, dans l'Oregon, l'Idaho, le Montana, le Nevada, l'Utah, le Nouveau-Mexique et la Californie. Moi, je me contentais de rester sur la réserve spokane et elle me manquait sur le pas de la porte de ma maison gouvernementale ainsi que devant la fenêtre du living où j'attendais qu'elle revienne.

Norma était comme ça. Elle m'avait dit un jour qu'elle me quitterait dès que l'amour commencerait à virer à l'aigre.

« Je ne tiens pas à tout voir s'effondrer, m'expliqua-t-elle. Je partirai au premier signe, avant que ça se dégrade.

— Tu n'essayeras même pas de nous sauver ? demandai-je.

— Quand on en sera à ce point, ça n'en vaudra plus la peine.

— Quelle froideur !

188

— Ce n'est pas de la froideur, répliqua-t-elle. C'est du réalisme. »

Mais comprenez-moi bien, Norma était une guerrière dans tous les sens du terme. Elle faisait cent cinquante kilomètres dans la journée pour aller voir les anciens dans les maisons de retraite de Spokane, et quand l'un d'eux mourait, elle pleurait à gros sanglots, balançait livres et meubles à travers la pièce.

« Chaque ancien qui meurt, c'est une partie de notre passé qui s'en va, disait-elle. Et c'est d'autant plus triste que nous ne savons pas si nous avons un avenir. »

Un jour, on s'arrêta sur les lieux d'un horrible accident de voiture et elle tint sur ses genoux la tête d'un agonisant en lui chantant des chansons jusqu'à la fin. Et c'était un Blanc. N'oubliez pas cela. Le souvenir demeura si vivace dans son esprit qu'elle en eut des cauchemars pendant un an.

« Je rêve tout le temps que c'est toi qui meurs », me disait-elle.

Et pendant presque un an, elle m'interdit de conduire la voiture.

Norma, elle avait toujours peur. Non, elle n'avait jamais peur.

Tandis que je toussais à m'arracher les poumons sur mon lit d'hôpital, j'ai remarqué une chose : une pendule, du moins une de ces anciennes pendules munies de deux aiguilles et d'un cadran, ressemble, quand on la fixe assez longtemps, à quelqu'un qui rit.

On m'a laissé sortir, car les médecins ont estimé que je serais mieux chez moi. Et me voici donc à la maison, occupé à écrire des lettres aux gens que j'aime sur du

papier spécial de la réserve qui porte comme en-tête :
DU LIT DE MORT DE JAMES NOMBREUX CHEVAUX III.

En réalité, je suis installé à la table de la cuisine, et
TABLE DE MORT n'aurait pas bien sonné. D'autre part, je
suis le seul James Nombreux Chevaux, mais je trouve
que les traditions, même créées de toutes pièces, possèdent une certaine dignité.

Quoi qu'il en soit, je suis installé à ma table de mort
d'où j'écris des lettres de mon lit de mort, quand on
frappe à la porte.

« Entrez, je crie tout en sachant que c'est fermé à clé,
et je souris en voyant qu'on secoue la poignée.

— C'est fermé, dit une voix de femme que je recon-
nais aussitôt.

— Norma ? » dis-je en me levant pour aller ouvrir.

Elle est belle. Elle n'a ni pris ni perdu dix kilos, une
de ses nattes pend un peu plus bas que l'autre et elle a
repassé sa chemise jusqu'à ce que les plis soient bien
marqués.

« Chéri, dit-elle, je suis revenue. »

Je garde le silence. Ce qui est très rare de ma part.

« Chéri, reprend-elle, je suis restée longtemps absente
et tu m'as terriblement manqué. Mais je suis revenue.
Chez moi. »

Il me faut bien sourire.

« Où sont les enfants ? demande-t-elle.

— Ils dorment, dis-je après une seconde d'hésitation,
reprenant la plaisanterie où nous l'avions laissée. Les
pauvres petits ont lutté pour rester éveillés, tu sais ? Ils
voulaient t'attendre, mais ils se sont endormis l'un après
l'autre et je les ai portés dans leurs petits lits.

— Alors, je vais juste aller les embrasser sans faire de
bruit, dit Norma. Leur dire combien je les aime. Et les
border pour qu'ils n'attrapent pas froid. »

Elle sourit.

« Jimmy, reprend-elle, tu as vraiment une sale tête.

— Ouais, je sais.

— Je regrette d'être partie.

— Où as-tu été ? je lui demande, alors que je ne tiens pas particulièrement à le savoir.

— A Arlee. Chez une de mes cousines flatheads.

— Cousine ou cousin ? Cousin comme dans j'ai-baisé-avec-lui-mais-je-ne-veux-pas-te-le-dire-parce-que-tu-vas-mourir ? »

Elle sourit malgré elle.

« Bon, reconnaît-elle. Tu peux plus ou moins considérer qu'il s'agit d'un de ces cousins-là. »

Croyez-moi, rien ne fait plus mal. Pas même mes tumeurs qui atteignent à peu près la taille de balles de base-ball.

« Pourquoi es-tu revenue ? » je demande.

Elle me regarde, tente d'étouffer un gloussement, puis éclate carrément de rire. Je ne tarde pas à l'imiter.

« Bon, dis-je un moment plus tard. Alors, pourquoi es-tu revenue ? »

Elle prend un air stoïque, me montre un visage à la Tonto, puis répond :

« Parce qu'il prenait tout tellement au sérieux. »

On rit encore un peu, puis je lui redemande :

« Franchement, pourquoi es-tu revenue ?

— Parce qu'il faut que quelqu'un t'aide à mourir comme il convient, dit-elle. Et tu sais aussi bien que moi que mourir, c'est un truc que tu n'as encore jamais fait. »

Je ne peux qu'être d'accord.

« Et peut-être, poursuit-elle, parce que préparer du pain frit et aider les gens à mourir sont les deux dernières choses que les Indiens sachent bien faire.

— Ouais, dis-je, et toi, tu es au moins bonne pour l'une des deux. »

On éclate à nouveau de rire.

Éducation indienne

J'avais les cheveux trop courts, des lunettes gouvernementales à monture d'écaille, très laides, et pendant ce premier hiver à l'école, les autres garçons indiens n'ont pas arrêté de me pourchasser dans la cour. Ils me bousculaient pour me faire tomber, m'enterraient dans la neige au point que je ne pouvais plus respirer et que je croyais que j'allais étouffer.

Ils me fauchaient mes lunettes et les lançaient au-dessus de moi et de mes mains tendues, juste hors de portée, jusqu'à ce qu'on me fasse un croche-pied et que je m'étale, la figure dans la neige.

Je tombais tout le temps et mon nom indien était Victor Tombe-tout-le-temps. Ou des fois Nez-en-sang ou encore Celui-à-qui-on-a-piqué-son-déjeuner. Un jour, ça a été Pleure-comme-un-garçon-blanc, même si aucun de nous n'avait jamais vu un garçon blanc pleurer.

Et puis, un vendredi matin pendant la récréation, Frenchy SiJohn m'a bombardé de boules de neige alors que ses copains torturaient un autre *top-yogh-yaught*, une autre mauviette. Frenchy était assez sûr de lui pour s'occuper seul de moi et, en temps normal, je l'aurais laissé faire. Mais là, le petit guerrier qui sommeillait en moi s'est réveillé, et j'ai étendu Frenchy d'un coup de poing, puis je l'ai maintenu dans la neige tandis que je le frappais avec tant de force que mes jointures et la neige faisaient des marques symétriques sur sa figure. On aurait presque dit qu'il portait des peintures de guerre.

Mais le guerrier ce n'était pas lui. C'était moi. Et sur le chemin du bureau du directeur, je n'ai pas cessé de fredonner *C'est un bon jour pour mourir, c'est un bon jour pour mourir.*

COURS ÉLÉMENTAIRE 1

Betty Towle, l'institutrice de la mission, une rousse si laide que personne n'a jamais eu un béguin d'enfant pour elle, m'a privé de récréation durant deux semaines.

« Dis que tu regrettes, m'a-t-elle ordonné.

— Que je regrette quoi ?

— Tout », a-t-elle dit.

Et elle m'a mis au coin pendant un quart d'heure avec les bras écartés et un livre dans chaque main. Un livre de maths et un livre de grammaire. Tout ce que j'ai appris, c'est que la pesanteur pouvait être douloureuse.

Pour Halloween, j'ai fait un dessin qui la représentait à cheval sur un balai, un chat efflanqué sur le dos. Elle a dit que son Dieu ne me le pardonnerait jamais.

Un jour, elle a donné à la classe un exercice d'orthographe, mais à moi, elle a donné un exercice prévu pour des élèves du collège. Constatant que j'avais tout bon, elle a froissé mon devoir et m'a obligé à le manger.

« Ça t'apprendra le respect », a-t-elle dit.

Elle a envoyé une lettre à mes parents pour leur dire soit de me couper les nattes, soit de me garder à la maison. Mes parents sont venus le lendemain à l'école et ont balayé la surface du bureau de Betty Towle avec leurs nattes.

« Ah, les indiens, les indiens, les indiens », a-t-elle dit sans mettre de majuscules.

Elle me traitait « d'indien, d'indien, d'indien ».

Et je disais, *Oui, je suis un Indien. Oui, je suis un Indien.*

COURS ÉLÉMENTAIRE 2

Ma carrière d'artiste traditionnel indien a débuté et s'est achevée avec mon premier portrait intitulé *L'Indien Bâton en train de pisser dans mon jardin.*

Tandis que je faisais circuler l'original dans la classe, Mrs. Schluter a intercepté et confisqué mon œuvre d'art.

Censure ! pourrais-je protester aujourd'hui. *Liberté d'expression !* pourrais-je réclamer dans un éditorial du journal tribal.

Au cours élémentaire, cependant, je suis resté au piquet, tourné contre le mur, et j'ai attendu qu'on lève la punition.

J'attends encore.

COURS MOYEN 1

« Tu devrais être médecin plus tard », m'a dit Mr. Schluter, alors que sa femme, l'institutrice du cours élémentaire, me jugeait fou à lier.

J'avais tout le temps le regard de celui qui s'apprête à frapper quelqu'un et à prendre la fuite.

« Coupable, disait-elle. Tu as toujours l'air coupable. »

« Pourquoi devrais-je être médecin ? ai-je demandé à Mr. Schluter.

— Pour revenir sur la réserve aider ta tribu. Pour soigner les gens. »

C'était l'année où mon père buvait plus de trois litres de vodka par jour et l'année où ma mère avait commencé deux cents *quilts* sans en finir aucun. Ils s'installaient chacun dans un coin sombre de notre maison gouvernementale et pleuraient à gros sanglots.

Après l'école, je rentrais en courant à la maison, j'entendais couler leurs larmes indiennes et je me regardais dans la glace. *Dr Victor,* disais-je, m'adressant à mon image. *On demande le docteur Victor aux urgences.*

COURS MOYEN 2

J'ai pris pour la première fois un ballon de basket et j'ai marqué un panier. Non. J'ai raté mon tir, et même le panneau, et le ballon a atterri dans la boue et la sciure, à l'endroit précis où j'étais assis quelques instants auparavant.

Mais c'était agréable, ce ballon dans mes mains, tous ces angles et toutes ces combinaisons possibles. C'était des mathématiques, de la géométrie. C'était beau.

Au même moment, mon cousin Steven Ford sniffait de la colle sur le manège. Ses oreilles tintaient, sa bouche était sèche, et tout le monde lui paraissait si loin.

Mais c'était agréable, ce bourdonnement dans sa tête, tous ces bruits et toutes ces couleurs. C'était de la chimie, de la biologie. C'était beau.

Te souviens-tu de ces choix agréables et presque innocents que les garçons indiens étaient contraints de faire ?

SIXIÈME

Randy, le nouvel élève indien venu de la ville blanche de Springdale, s'est bagarré une heure après avoir mis les pieds pour la première fois à l'école de la réserve.

Stevie Flett l'a interpellé, l'a traité de squaw, l'a traité de lavette, l'a traité de con.

Randy et Stevie, suivis des autres garçons indiens, sont sortis dans la cour.

« Frappe le premier, a dit Stevie tandis qu'ils se faisaient face.

— Non, a répondu Randy.

— Frappe le premier, a redit Stevie.

— Non, a de nouveau répondu Randy.

— Frappe le premier », a dit Stevie pour la troisième fois.

Randy a fait un pas en arrière et a expédié une droite fulgurante, cassant le nez de Stevie.

On est restés plantés sur place, silencieux et effrayés.

C'est Randy, qui allait bientôt devenir mon premier et mon meilleur ami, qui m'a donné la plus utile des leçons quand on vit dans le monde des Blancs : *Frappe toujours le premier.*

CINQUIÈME

Penché à la fenêtre du sous-sol de la maison gouvernementale, j'ai embrassé la fille blanche qui, plus tard, se ferait violer par le père de sa famille d'accueil, un Blanc lui aussi. Ils habitaient sur la réserve et quand l'histoire a fait la une des journaux, on n'a pas dit un mot de la couleur de leur peau.

Encore des Indiens qui se conduisent comme des Indiens, ont dû penser certains. Ils se trompaient.

197

Mais le jour où, penché à la fenêtre du sous-sol de la maison gouvernementale, j'ai embrassé la fille blanche, j'ai senti que je disais au revoir à toute ma tribu. J'ai posé mes lèvres sur les siennes, un baiser sec, maladroit et en définitive stupide.

Mais je disais au revoir à ma tribu, à toutes les filles et les femmes indiennes que j'aurais pu aimer, à tous les hommes indiens qui auraient pu m'appeler cousin ou même frère.

J'ai embrassé cette fille blanche et quand j'ai ouvert les yeux, elle était partie de la réserve, et quand j'ai ouvert les yeux, j'étais parti de la réserve et je vivais dans une ville agricole où une jolie fille blanche m'a demandé mon nom.

« Junior Polatkin », ai-je répondu, et elle a éclaté de rire.

Après cela, plus personne ne m'a adressé la parole durant cinq nouveaux siècles.

QUATRIÈME

Au collège de la ville agricole, dans les toilettes des garçons, j'entendais les voix en provenance des toilettes des filles, chuchotements inquiets qui parlaient d'anorexie et de boulimie. J'entendais les filles blanches qui se faisaient vomir, un son pour moi si familier et si naturel après toutes ces années où mon père rentrait soûl.

« Donne-moi ton déjeuner si c'est pour que tu le dégueules », ai-je dit une fois à l'une de ces filles.

Je me suis rassis et je les ai regardées devenir de plus en plus maigres à force de s'apitoyer sur leur sort.

De retour sur la réserve, je faisais la queue avec ma mère pour retirer les rations alimentaires. On les rapportait à la maison, contents d'avoir de quoi manger, et on ouvrait des boîtes de bœuf dont même les chiens n'auraient pas voulu.

Mais on en mangeait jour après jour et on devenait de plus en plus maigres à force de nous apitoyer sur notre sort.

Il y a plus d'une manière de mourir de faim.

TROISIÈME

Au bal du lycée de la ville agricole, après un match de basket dans une salle surchauffée au cours duquel j'avais marqué vingt-sept points et récupéré treize balles au rebond, je me suis évanoui pendant un slow.

Tandis que mes copains blancs me ranimaient et se préparaient à me conduire aux urgences où les médecins diagnostiqueraient par la suite un diabète, le professeur chicano s'est précipité vers nous.

« Hé, a-t-il dit. Qu'est-ce que ce gosse a bu ? Je les connais ces Indiens, ils commencent à boire de bonne heure. »

Ce n'est pas parce que deux hommes ont la peau brune qu'ils sont nécessairement frères.

SECONDE

Après avoir passé le code sans problème et failli être recalé à la conduite, j'ai obtenu mon permis de conduire le jour même où Wally Jim s'est tué en jetant sa voiture contre un pin.

Pas de traces d'alcool dans le sang, un bon métier, une femme et deux enfants.

« Pourquoi il a fait ça ? » ai-je demandé à un policier blanc.

Tous les Indiens ont haussé les épaules et baissé les yeux.

« Je ne sais pas », affirmons-nous tous, mais quand on se regarde dans une glace, qu'on lit l'histoire de notre tribu dans nos yeux, qu'on découvre le goût de l'échec dans l'eau du robinet et qu'on tremble au souvenir de vieilles larmes, on comprend.

Croyez-moi, tout ressemble à un nœud coulant quand on le fixe assez longtemps.

PREMIÈRE

Hier soir, j'ai raté deux lancers francs qui nous auraient permis de gagner le match qui nous opposait à la meilleure équipe de l'Etat. L'équipe de la ville agricole dans laquelle je joue est surnommée « Les Indiens » et je suis probablement le seul Indien à y avoir jamais joué.

Ce matin, la page des sports titre : LES INDIENS ONT DE NOUVEAU PERDU.

Allez-y, dites-moi que rien de tout cela ne devrait me faire trop mal.

TERMINALE

Je m'avance dans l'allée, major de ma promotion de ce lycée de ville agricole, et ma coiffe ne me va pas très bien parce que je me suis laissé pousser les cheveux. Plus tard, je me lève tandis que le directeur prononce mon éloge.

Je m'efforce de rester stoïque pour les photographes cependant que je regarde devant moi, vers l'avenir.

Sur la réserve, mes anciens camarades de classe ont fini leurs études : quelques-uns ne savent pas lire, deux ou trois recoivent des diplômes de pure forme, tandis que la majorité ne pensent qu'à la fête qui va suivre. Les plus doués sont inquiets et effrayés, parce qu'ils ne savent pas ce qui les attend.

Ils sourient pour les photographes cependant qu'ils regardent derrière eux, vers la tradition.

Le journal tribal publie côte à côte ma photo et celle de mes anciens camarades de classe.

POST-SCRIPTUM : RÉUNION DE CLASSE

Victor dit : « A quoi bon organiser une réunion des anciens élèves du lycée de la réserve ? Ceux de ma classe et moi, on se réunit tous les week-ends à la Taverne du Pow-wow. »

Bagarre au paradis

Il fait trop chaud pour dormir. Je vais au 7-Eleven de la Troisième Avenue chercher un esquimau et la compagnie du caissier de nuit. Je connais le boulot. J'ai travaillé le soir dans un 7-Eleven de Seattle et j'ai été plus d'une fois victime d'une agression. Le dernier coup, le salaud m'a enfermé dans le frigo. Il m'a même fauché mon argent et mes baskets.

Le caissier de nuit du 7-Eleven de la Troisième Avenue ressemble à tous les autres caissiers. Cicatrices d'acné, cheveux coupés n'importe comment, pantalons informes qui laissent voir ses chaussettes blanches et chaussures noires bon marché qui ne soutiennent pas la voûte plantaire. J'ai encore mal aux pieds après l'année que j'ai passée au 7-Eleven de Seattle.

« Bonsoir, dis-je en entrant dans le magasin. Ça va ? »

Je lui adresse un vague geste de la main, puis je me dirige vers le rayon des surgelés. Il me jette un regard afin de pouvoir le cas échéant fournir mon signalement à la police. Je connais ce genre de regard. Une de mes anciennes petites amies m'avait dit que je commençais à la regarder de cette manière. Elle m'a quitté peu après. Non, c'est moi qui l'ai quittée et je ne lui reproche rien. C'est ainsi. Quand on commence à regarder quelqu'un comme s'il s'agissait d'un criminel, c'est que l'amour est mort. Logique, tout ça.

« Je n'ai pas confiance en toi, m'a-t-elle dit. Tes colères sont trop violentes. »

Elle était blanche et je vivais avec elle à Seattle. Certains soirs, on s'engueulait tellement que je prenais ma voiture et je roulais toute la nuit, ne m'arrêtant que pour prendre de l'essence. De fait, si je travaillais de nuit, c'était pour être le moins possible avec elle. C'est de cette façon, à sillonner ses ruelles et ses bas quartiers, que j'ai appris à connaître Seattle.

Parfois, néanmoins, j'oubliais où j'étais et je me perdais. Je roulais des heures durant, à la recherche d'un repère familier. J'avais l'impression que j'allais passer ma vie entière comme ça. Un jour, j'ai atterri dans un quartier résidentiel et quelqu'un a dû trouver ma présence louche, car la police est arrivée et m'a obligé à me garer contre le trottoir.

« Qu'est-ce que vous faites ici ? m'a demandé le policier en examinant mon permis de conduire et ma carte grise.

— Je suis perdu.

— Et où êtes-vous censé aller ? » m'a-t-il demandé.

Il y avait bien un tas d'endroits où j'aurais voulu être, mais aucun où j'étais censé aller.

« Je me suis disputé avec ma petite amie, ai-je répondu. Je me baladais, pour faire tomber la pression, vous voyez ?

— Eh bien, vous devriez être plus prudent quand vous vous baladez, m'a dit le flic. Vous rendez les gens nerveux. Vous ne correspondez pas au profil de ce quartier. »

J'avais envie de lui dire que je ne correspondais pas

non plus au profil du pays entier, mais je savais que ça ne me vaudrait que des ennuis supplémentaires.

« Je peux vous aider ? » me crie l'employé du 7-Eleven, espérant une réponse qui lui montrerait que je ne m'apprête pas à commettre un vol à main armée.

Il sait que ma peau brune et mes longs cheveux noirs sont synonymes de danger. Je suis un criminel potentiel.

« Je prends juste un esquimau », lui dis-je après un silence prolongé.

C'est vache de le laisser mijoter ainsi, mais il est tard et j'en ai marre. Je prends mon esquimau, je reviens vers la caisse à pas lents et je promène mon regard sur les rayons déserts pour accentuer l'effet dramatique. J'aimerais bien siffler doucement, l'air menaçant, mais je n'ai jamais su siffler.

« Il fait chaud ce soir, hein ? dit-il, utilisant la vieille ficelle du temps, un truc éculé supposé mettre les gens à l'aise.

— Ouais, assez chaud pour vous rendre cinglé », dis-je avec un sourire.

Il déglutit comme le font les Blancs confrontés à pareille situation. Je l'examine. Même veste usée 7-Eleven verte, rouge et blanche et mêmes épaisses lunettes. Pourtant, il n'est pas laid, il doit simplement se sentir déplacé et marqué par la solitude. S'il n'était pas ici à travailler, il serait tout seul chez lui en train de zapper, regrettant de ne pas avoir les moyens de s'offrir un abonnement aux chaînes de sport ou de cinéma.

« Ce sera tout ? » me demande-t-il en employé zélé afin d'essayer de générer chez moi une pulsion d'achat.

Comme s'il ajoutait une clause à un traité. *On prend les Etats de Washington et de l'Oregon et on vous donne en échange six pins plus une Chrysler Cordoba toute neuve.* Je sais faire et rompre des promesses.

« Non, dis-je. (Puis après un nouveau silence :) Donnez-moi aussi un granité à la cerise.

— Un petit ou un grand ? fait-il, soulagé.

— Un grand. »

Il se tourne pour me préparer ma boisson et s'aperçoit alors de son erreur, mais c'est trop tard. Il se raidit dans l'attente de la balle ou du coup derrière l'oreille. Comme rien ne vient, il me fait de nouveau face et me dit :

« Excusez-moi, vous m'avez demandé un grand ?

— Non, un petit, je réponds pour changer l'histoire.

— Je croyais que vous aviez demandé un grand.

— Puisque vous saviez que j'en voulais un grand, pourquoi vous m'avez reposé la question ? » je lui demande en riant.

Il me regarde, s'interroge pour savoir si je suis sérieux ou si je me paye sa tête. Finalement, il me plaît bien ce type, même s'il est trois heures du matin et même s'il est blanc.

« Bon, dis-je. Laissez tomber le granité. Je voudrais savoir si vous connaissez toutes les paroles du thème de *La Famille Brady.* »

Il me dévisage, un peu dérouté, puis il rit.

« Merde, fait-il. J'avais peur que vous soyez un cinglé. Vous m'avez flanqué la trouille.

— Si vous ne connaissez pas les paroles, je risque de le devenir, cinglé. »

Il rit plus fort, puis il me dit que l'esquimau est offert par la maison. En fait, il occupe le poste de directeur de nuit du magasin et ces petites démonstrations de pouvoir chatouillent sa vanité. Un pouvoir à soixante-quinze *cents.* Je connais le prix des choses.

« Merci », dis-je, puis je sors.

Je prends mon temps pour rentrer chez moi. Je laisse la chaleur de la nuit faire fondre l'esquimau dans ma main. A trois heures du matin, je peux jouer les jeunes autant que j'en ai envie. Il n'y a personne autour qui me demande de grandir.

A Seattle, je cassais les lampes. On s'engueulait et je cassais une lampe. Je la prenais et la jetais par terre. Au début, elle en rachetait, de belles lampes très chères. Ensuite, elle s'est contentée de les acheter dans les magasins bon marché ou les vide-greniers. Puis elle a fini par abandonner et on s'engueulait dans le noir.

« T'es comme ton frère ! criait-elle. Stupide et tout le temps soûl.

— Mon frère ne boit pas tant que ça. »

Nous ne nous sommes jamais agressés physiquement. Après tout, je l'aimais et elle m'aimait. Mais ces disputes provoquaient autant de dommages que des coups de poing. Les paroles aussi peuvent blesser, vous savez ? Maintenant, quand il m'arrive de me disputer, je me souviens d'elle et également de Mohammed Ali. Il connaissait le pouvoir de ses poings et, surtout, il connaissait le pouvoir de ses paroles. Même avec son QI autour de quatre-vingts, Ali était un génie. Et elle aussi était un génie. Elle savait exactement ce qu'il fallait dire pour me faire le plus mal.

Mais comprenez-moi bien, dans mes relations avec elle, je portais la cagoule du bourreau. Ou, plutôt, des peintures de guerre et des flèches acérées. Elle était institutrice de maternelle et je ne cessais de me moquer d'elle à cause de cela.

« Hé ! l'instit ! je lui lançais. Tes mômes t'ont appris quelque chose aujourd'hui ? »

Et puis je faisais sans arrêt des rêves incroyables. Ce

n'était pas nouveau, mais j'avais l'impression qu'à Seattle ils viraient plus souvent au cauchemar.

Dans l'un d'eux, elle est l'épouse d'un missionnaire et moi un petit chef de guerre. Nous tombons amoureux l'un de l'autre et nous tâchons de garder notre amour secret, mais le missionnaire nous surprend en train de baiser dans la grange et il m'abat d'une balle. Pendant que j'agonise, ma tribu, mise au courant, attaque les Blancs sur tout le territoire de la réserve. Je suis mort et mon âme plane à présent au-dessus de la réserve.

Désincarné, je vois tout ce qui se passe. Les Blancs qui tuent les Indiens et les Indiens qui tuent les Blancs. Au début, le combat n'oppose que les membres de ma tribu aux quelques Blancs qui vivent là. Mais mon rêve s'intensifie. D'autres tribus arrivent à cheval afin de poursuivre le massacre, puis la cavalerie des Etats-Unis intervient dans la bataille.

Une image frappante me revenait toujours, celle de trois soldats à cheval qui jouent au polo avec la tête d'une Indienne morte. La première fois que j'ai vu cela en rêve, j'ai cru qu'il ne s'agissait que du produit de ma colère et de mon imagination, mais depuis, j'ai lu des récits qui parlent de semblables atrocités commises à l'époque du Far-West. Et plus terrible, on dit que de telles horreurs se produisent aujourd'hui encore dans un pays comme le Salvador.

Tout ce que je sais avec certitude, c'est que, me réveillant terrifié de ce rêve, j'ai pris toutes mes affaires et je suis parti de Seattle en pleine nuit.

« Je t'aime, a-t-elle dit tandis que je la quittais. Et surtout ne reviens jamais. »

J'ai roulé toute la nuit, franchi les Cascades Mountains, traversé les plaines, et je suis rentré chez moi sur la réserve des Indiens Spokanes.

Je finis l'esquimau que le type du 7-Eleven m'a donné et je brandis le bâton en poussant des cris. Quelques fenêtres s'allument et un instant plus tard une voiture de patrouille passe au ralenti. Je dis bonjour de la main aux hommes en uniforme bleu et ils me répondent machinalement. A la maison, comme il fait toujours trop chaud pour dormir, je ramasse un journal vieux d'une semaine qui traîne par terre et je me mets à lire.

Il y a une autre guerre civile, un autre attentat terroriste à la bombe, un autre avion qui s'est écrasé et dont tous les passagers sont supposés avoir péri. Le taux de criminalité augmente dans toutes les villes de plus de cent mille habitants et un fermier de l'Iowa a tiré sur son banquier à la suite de la saisie de ses cinq cents hectares de terre.

Un gamin de Spokane a remporté le concours d'orthographe local en écrivant correctement le mot *rhinocéros*.

Quand je suis revenu, les membres de ma famille n'ont pas été surpris de me voir. Ils attendaient mon retour depuis le jour de mon départ pour Seattle. Un vieux poète indien a dit que les Indiens pouvaient résider en ville, mais qu'ils ne pouvaient pas y vivre. On ne peut pas être plus proche de la vérité.

Je passais presque tout mon temps devant la télévision. Des semaines durant j'ai zappé, cherché les réponses dans les jeux et les feuilletons. Ma mère entourait de rouge les offres d'emploi puis me tendait le journal.

« Qu'est-ce que tu vas faire du reste de ta vie ? me demandait-elle.

— Je ne sais pas », répondais-je.

Normalement, de la part de n'importe quel Indien du pays, cette réponse aurait été considérée comme parfaite, mais j'étais un cas spécial, un ancien étudiant, un gosse intelligent. J'étais de ces Indiens censés réussir, s'élever au-dessus des autres habitants de la réserve comme une connerie d'aigle ou je ne sais quoi. J'étais de cette nouvelle race de guerriers.

Pendant plusieurs mois, je n'ai même pas regardé les annonces que ma mère me mettait sous les yeux et je me contentais de laisser le journal où elle l'avait posé. Au bout d'un moment, j'ai quand même fini par me lasser de la télé et je me suis remis au basket. Au lycée, j'avais été un bon joueur et peut-être même plus, et à l'université, dont j'avais suivi deux ans les cours, j'avais failli faire partie de l'équipe, mais l'alcool et la tristesse m'avaient empêché de m'entraîner comme il convenait. Il n'en restait pas moins que j'aimais le contact du ballon dans mes mains et que j'étais bien dans mes chaussures de basket.

Au début, je me suis borné à tirer des paniers tout seul dans mon coin. C'était un comportement égoïste, mais je voulais réapprendre à jouer avant de me confronter à qui que ce soit. Comme j'avais par le passé infligé quelques défaites à certains membres de ma tribu, je savais qu'ils chercheraient à prendre leur revanche. Pas la peine d'évoquer l'image des cow-boys contre les Indiens. Sur toutes les réserves, les combats les plus intenses, c'est les Indiens contre les Indiens.

Le soir où j'ai été prêt à faire mon retour, il y avait un Blanc qui jouait avec les Indiens.

« Qui c'est ? ai-je demandé à Jimmy Seyler.

— Le fils du nouveau chef du Bureau des Affaires indiennes.

— Il joue bien ?

— Oh ! oui. »

Et en effet, pour jouer bien, il jouait bien. Il jouait

comme les Indiens, à la fois vif et décontracté, et beaucoup mieux que tous les Indiens présents.

« Depuis quand il est dans l'équipe ? ai-je demandé.

— Depuis un bout de temps. »

J'ai fait quelques exercices d'échauffement. Tous les yeux étaient rivés sur moi. Les Indiens regardaient l'un de leurs vieux héros poussiéreux. Même si j'avais surtout fréquenté l'école des Blancs, je demeurais un Indien, vous comprenez ? J'étais un Indien lorsque cela comptait, et ce gosse du Bureau des Affaires indiennes devait être vaincu par un Indien, n'importe quel Indien.

Je suis entré dans la partie et, pendant un moment, j'ai bien joué. J'éprouvais un sentiment de plaisir. J'ai marqué quelques paniers, gagné quelques ballons au rebond et suffisamment bien défendu pour contenir l'équipe adverse. Et puis ce jeune Blanc a pris le match en main. Il était trop bon. Plus tard, il fera partie de l'équipe d'une université de l'Est et, deux ans après, il sera à deux doigts d'être engagé par une grande équipe professionnelle. Bien sûr, à l'époque nous ne le savions pas. Nous savions simplement que ce jour-là, de même que les jours qui ont suivi, il était de loin le meilleur sur le terrain.

Le lendemain, je me suis réveillé courbatu et affamé, aussi je me suis emparé du journal, j'ai repéré une annonce qui m'intéressait et j'ai pris ma voiture pour aller à Spokane me présenter. Depuis, je travaille au lycée, au programme d'échange. Je tape à la machine et je réponds au téléphone. Parfois, je me demande si les gens à l'autre bout du fil se doutent que je suis indien. S'ils l'apprenaient, est-ce qu'ils changeraient de ton ?

Un jour, je décroche et c'est elle qui appelle de Seattle.

« J'ai eu ton numéro par ta mère, dit-elle. Je suis contente de savoir que tu travailles.

211

— Ouais, rien ne vaut un salaire régulier.
— Tu continues à boire ?
— Non, ça fait presque un an que j'ai arrêté.
— Très bien. »
La liaison est bonne. Je l'entends respirer entre les espaces qui séparent les mots. Comment s'adresse-t-on à la personne dont le fantôme nous a hanté ? Comment fait-on la différence entre les deux ?
« Tu sais, dis-je. Je m'excuse pour tout.
— Moi aussi.
— Qu'allons-nous devenir ? je demande, souhaitant posséder moi-même la réponse.
— Je ne sais pas, dit-elle. Je veux changer le monde. »

Je vis seul à Spokane et j'aimerais habiter plus près du fleuve et des chutes où bondissent les fantômes des saumons. J'aimerais dormir. Je pose mon journal ou mon livre, j'éteins les lumières et je reste allongé dans le noir. Il me faut peut-être des heures, ou peut-être même des années, pour m'endormir. Cela ne m'étonne ni ne me déçoit en rien.
De toute façon, je sais comment tous mes rêves se terminent.

Portrait de famille

La télévision marchait toujours fort, trop fort, au point que toutes les conversations se déformaient, se fragmentaient.

« Dîner » ressemblait à « Laisse-moi tranquille. »

« Je t'aime » ressemblait à « Inertie ».

« S'il te plaît » ressemblait à « Sacrifice ».

Croyez-moi, la télévision marchait toujours trop fort. A trois heures du matin, je me réveillais de mes cauchemars ordinaires pour entendre la télévision cogner sur le plafond au-dessus de mon lit. Parfois, ce n'étaient que des grésillements, la fin des émissions. Parfois, c'était un mauvais film rendu plus mauvais encore par l'heure tardive et le sommeil interrompu.

« Lâche ton arme et sors les mains en l'air » ressemblait trop à « Fais-moi confiance, le monde t'appartient. »

« Les extraterrestres débarquent ! les extraterrestres débarquent ! » ressemblait trop à « Une dernière bière, ma chérie, et après on rentre à la maison. »

« Junior, j'ai perdu l'argent » ressemblait trop à « Aucun de tes rêves ne se réalisera. »

J'ignore où sont passées toutes ces années. Je ne me souviens en détail que de la télévision. Tous les autres moments dignes qu'on se les rappelle sont devenus des histoires qui changent chaque fois qu'on les raconte, jusqu'à ce que l'origine se perde et qu'on ne reconnaisse plus rien.

Par exemple, au cours de l'été 1972 ou 1973, ou peut-être seulement dans nos esprits, la réserve a disparu. Je me souviens que je jouais de mon saxophone en plastique sur la véranda de notre maison gouvernementale quand c'est arrivé.

Enfin, je me rappelle avoir pensé, mais j'avais six ans, ou sept. Je ne sais pas très bien quel âge j'avais. J'étais indien.

Disparue d'un seul coup, juste comme ça, plus rien après la dernière marche. Mon frère aîné m'a dit qu'il me donnerait un *quarter* si je sautais dans l'inconnu. Mes sœurs jumelles ont versé des larmes jumelles. Elles avaient laissé leurs vélos près des pins et tout s'était évanoui.

Ma mère est sortie, attirée par le bruit. Elle a regardé un long moment au-delà de la dernière marche, puis, le visage impassible, elle est rentrée laver les pommes de terre.

Mon père, joyeusement ivre, a trébuché sur la dernière marche avant qu'on ait pu l'arrêter. Il est revenu des années plus tard avec le diabète et les poches pleines de *quarters*. Les graines logées dans les revers de son pantalon se sont répandues sur le sol et ont donné naissance à des orangers.

« Rien n'est possible sans vitamine C », disait ma mère, mais je savais qu'en réalité elle voulait dire : « Ne demande pas tout. »

Dans les histoires, on trouve souvent des gens qui n'existaient pas avant que notre imagination collective les ait créés.

Mon frère et moi, on se souvient que nos sœurs ramassaient les miettes de nourriture qui tombaient de nos assiettes et en faisaient un petit tas au centre de la table, puis qu'elles appuyaient le menton au bord et faisaient glisser le tout dans leurs bouches ouvertes.

Nos parents ne s'en souviennent pas, et nos sœurs protestent : « Non, non, nous n'avons jamais eu faim à ce point ! »

N'empêche que mon frère et moi ne pouvons nier la vérité de notre histoire. Nous étions là. Peut-être la faim renseigne-t-elle nos vies.

Ma famille me raconte des histoires à mon sujet, petits événements et maladies terribles que je ne me rappelle pas mais que j'accepte en tant que commencement de mon histoire.

Après l'opération destinée à soulager la pression liquide exercée sur mon cerveau, je me suis mis à danser.

« Non, me dit ma mère. Tu faisais des crises d'épilepsie. »

« Non, lui dit mon père. Il dansait. »

Durant l'émission de variétés du soir, je feignais de dormir sur le canapé tandis que mon père, assis dans son fauteuil, regardait la télévision.

« C'était au son de la trompette du générique que tu dansais », me disait-il.

« Non, c'était le haut mal ponctué de moments de lucidité extrême », lui disait ma mère.

Elle voulait croire que je lisais l'avenir. Dans le secret de son cœur, elle savait que les médecins avaient greffé un autre organe sous mon crâne, transplanté une vision du vingtième siècle.

Un hiver, elle m'a mis dehors alors que j'étais en sous-vêtements et a refusé de me laisser rentrer tant que je n'aurais pas répondu à ses questions.

« Mes enfants m'aimeront-ils quand je serai vieille ? » m'a-t-elle demandé, mais je savais qu'elle avait voulu dire : « Vais-je regretter ma vie ? »

Et puis il y avait la musique, les 45 tours rayés et les bandes à huit pistes. On montait le son trop haut pour les haut-parleurs, jusqu'à ce que la musique devienne métallique et subisse des distorsions. Mais on dansait, jusqu'à ce que ma sœur aînée déchire sa seule paire de bas et éclate en sanglots. Mais on dansait, jusqu'à ce qu'on fasse tomber de la poussière du plafond et qu'on chasse les chauves-souris du grenier, obligées de s'envoler en plein jour. Mais on dansait, dans nos vêtements dépareillés et nos chaussures éculées. J'écrivais mon nom au feutre sur les miennes, le prénom sur le bout de la gauche et le nom de famille sur celui de la droite avec mon vrai nom quelque part entre les deux. Mais on dansait, l'estomac vide et le sommeil pour tout dîner. La nuit entière on restait éveillés, le dos en sueur, la plante des pieds couverte d'ampoules. La nuit entière on luttait contre les cauchemars éveillés, jusqu'à ce que vienne le sommeil peuplé de ses propres cauchemars. Je me rappelle celui de l'homme maigre au grand chapeau qui arrachait les enfants indiens à leurs parents. Il arrivait avec des ciseaux pour nous couper les cheveux et une boîte fermée à clé pour cacher toutes les nattes amputées. Mais on dansait, sous les perruques et entre les murs inachevés, au milieu des promesses brisées et autour des placards vides.

On dansait.

Nous ne sommes cependant pas à l'abri de surprises. Ma sœur m'a dit qu'elle pouvait me reconnaître à l'odeur de mes vêtements. Elle m'a dit que, les yeux fermés, elle était capable de m'identifier au milieu d'une foule à la simple odeur de ma chemise.

Je savais qu'elle voulait dire *Je t'aime.*

Grâce à tous les systèmes de mesure dont nous disposions, je me souviens surtout de la lumière. Elle était tout le temps présente, été comme hiver. Le froid arrivait par hasard, le soleil à dessein.

Et puis il y a eu l'été où l'on respirait de l'essence. Mes sœurs inclinaient la tête selon des angles impossibles pour atteindre le réservoir des véhicules du Bureau des Affaires indiennes. Tout était si net, si brillant, que le cerveau en souffrait. Les tympans nous battaient au moindre bruit. L'aboiement d'un chien pouvait changer la forme du monde.

Je me souviens de mon frère couché sur la tondeuse à gazon, la bouche pressée contre l'ouverture du réservoir. C'était un baiser étrange, son premier, lèvres brûlées et vêtements en flammes. Il a essayé de les éteindre en dansant, il a nommé chacun des brins d'herbe qu'il a écrasé en tombant sur le cul. Noyé sous l'eau, comme s'il marchait sur le fond du lac Benjamin, parmi les cadavres de chevaux et les vieux pneus. Les jambes prises dans les algues. Danser, danser encore, jusqu'à ce qu'on se libère d'un coup de pied. Lever les yeux vers la surface avec les rayons de soleil qui filtrent, pareils à des doigts, pareils à une main qui offre des promesses d'amour et d'oxygène.

ATTENTION : *inhaler le contenu peut présenter un danger mortel.*

A quel point nous souvenons-nous de ce qui nous fait le plus mal ? J'ai réfléchi à la souffrance, à la manière dont chacun de nous bâtit le passé afin de justifier ce

qu'il ressent au moment présent. A la manière dont chaque nouvelle souffrance déforme la précédente. Disons
que je me souviens de la lumière comme mesure de
cette histoire, de la façon dont elle a modifié l'apparence du portrait de famille. Mon père se protège les
yeux et fait de son visage une ombre. Il pourrait être
n'importe qui, mais sur la photo, j'ai les yeux fermés. Je
ne me rappelle pas ce que je pensais. Peut-être voulais-
je me mettre debout, me dégourdir les jambes, lever les
bras au-dessus de la tête, ouvrir grand la bouche et
emplir mes poumons. *Respire, respire.* Peut-être mes cheveux sont-ils si noirs qu'ils captent toute la lumière.

Soudain c'est l'hiver et j'essaie de faire démarrer la
voiture.
« Accélère ! » me crie mon père depuis la maison.
J'appuie à fond sur le champignon et je sens le
moteur réagir. Mes mains agrippent le volant. Ce ne
sont pas les miennes ce matin. Elles sont trop fortes,
trop nécessaires pour accomplir le moindre petit geste.
Je peux les transformer en poings et passer ma colère
sur les murs et les carreaux de plâtre. Je peux saisir une
brosse à dents ou un pistolet, caresser le visage d'une
femme que j'aime. Des années auparavant, ces mains
auraient pu tenir la lance qui tenait le saumon qui tenait
le rêve de la tribu. Des années auparavant, ces mains
auraient pu toucher les mains des hommes à la peau
brune qui touchaient la médecine et la magie des dieux
ordinaires. Là, je pose la main sur le levier de vitesse,
mon cœur sur le vent froid.
« Accélère ! » me crie mon père.
Je mets la voiture en prise et je m'engage sur la route,
prudemment, caressant le frein comme je caresse mes
rêves. Un jour, mon père et moi avions emprunté cette

même route et il m'avait raconté l'histoire du premier poste de télévision qu'il avait vu :

« Il était dans la vitrine d'un magasin de Cœur d'Alene. Tous mes copains et moi on venait à pied pour le voir. Une seule chaîne et tout ce qu'elle montrait, c'était une femme assise sur un téléviseur qui montrait la même femme assise sur ce même téléviseur. Tout le temps la même image, jusqu'à ce qu'on ait mal aux yeux et à la tête à force de la regarder. C'est le souvenir que je garde. Et elle chantait tout le temps la même chanson. Je crois que c'était *Une fille sur un petit nuage.* »

C'est ainsi que nous trouvons notre histoire, que nous dressons notre portrait de famille, que nous prenons la photo à l'instant précis où quelqu'un ouvre la bouche pour poser une question. *Comment ?*

Il y a une fille sur un petit nuage. Elle danse la danse du Hibou avec mon père. C'est l'histoire à l'aune de laquelle nous mesurons toutes nos histoires, jusqu'à ce que nous comprenions que cette histoire ne pourra jamais être toutes les autres.

Il y a une fille sur un petit nuage. Elle chante le blues. C'est l'histoire à l'aune de laquelle nous mesurons le chagrin. Peut-être est-ce ma sœur ou mon autre sœur ou encore ma sœur aînée morte dans l'incendie de notre maison. Peut-être est-ce ma mère, les mains dans le pain frit. Peut-être est-ce mon frère.

Il y a une fille sur un petit nuage. Elle nous raconte son histoire. C'est l'histoire à l'aune de laquelle nous mesurons le commencement de toutes nos vies. *Ecoute, écoute, qu'est-ce qui appelle ?* Elle est la raison pour laquelle nous nous blottissons l'un contre l'autre, la raison pour laquelle notre peur refuse de porter un nom. Elle est la danseuse Fantaisie. Elle est le pardon.

Portrait de famille

La télévision marchait toujours fort, trop fort, jusqu'à ce que chaque émotion se mesure de demi-heure en demi-heure. Nous dissimulions nos visages sous des masques qui suggéraient d'autres histoires. Nos mains se touchaient accidentellement et notre peau s'enflammait comme une révolution personnelle. Nous nous fixions à travers la pièce dans l'attente de la conversation et de la conversion, nous regardions les guêpes et les mouches se cogner contre les carreaux. Nous étions des enfants. Nous étions des bouches ouvertes. Ouvertes de faim, de colère, de rire, de prière.

Seigneur, nous voulons tous survivre.

Quelqu'un ne cesse de répéter Pow-wow

J'ai connu Norma avant même qu'elle ne rencontre son futur mari, James Nombreux Chevaux. Je l'ai connue quand on pouvait encore manger du bon pain frit aux pow-wows, avant que les vieilles femmes ne meurent, emportant leurs recettes dans la tombe. Ainsi va la vie. On a parfois l'impression que notre tribu meurt petit bout de pain frit après petit bout de pain frit. Mais Norma, elle, s'efforçait de sauvegarder cela. Elle était notre bouée de sauvetage culturel, elle veillait sur tous ceux d'entre nous qui risquaient de se noyer.

Elle était jeune aussi, guère plus âgée que moi, mais tout le monde l'appelait grand-mère en signe de respect.

« Hé ! grand-mère, l'appelai-je tandis qu'elle passait et que j'étais installé dans l'une de ces épouvantables baraques à pain frit.

— Salut, Junior », répondit-elle en se dirigeant vers moi.

Elle me donna une poignée de main, lâche, à la manière indienne, avec juste les doigts, rien de comparable à ces espèces de broyages de chairs qu'utilisent les Blancs pour prouver je ne sais quoi. Elle me toucha la main comme si elle était heureuse de me voir et non comme si elle voulait me briser les os.

« Tu danses cette année ? demandai-je.
— Bien sûr. Tu n'es pas venu voir ?
— Pas encore.
— Eh bien, tu devrais. La danse, c'est important. »

On discuta encore un moment, on raconta quelques histoires, puis elle enchaîna sur son programme de pow-wows. Tout le monde voulait parler à Norma, passer un peu de temps en sa compagnie. J'aimais bien être assis à côté d'elle, sortir mes antennes et ajuster la réception. Vous saviez que les Indiens sont nés avec deux antennes qui captent les signaux émotionnels ? Norma disait toujours que les Indiens sont les gens les plus sensibles de la planète, qu'ils sont même plus sensibles que les animaux. Nous ne nous contentons pas de regarder en spectateurs. A observer, on participe à l'événement. C'est ce que Norma m'a appris.

« Tout compte, disait-elle. Même les petites choses. »

C'était bien davantage que ces conneries de religion indienne, cette littérature pour adeptes du New Age amateurs de cristaux. Norma vivait comme on devrait tous le faire. Elle ne buvait pas et ne fumait pas, et pourtant elle pouvait passer la nuit à danser à la Taverne du Pow-wow. Elle dansait les danses des Indiens et les danses des Blancs, ce qui ne constitue pas un mince exploit, car en principe l'un exclut l'autre. J'ai vu des Indiens champions de danse Fantaisie trébucher et s'étaler dès qu'on mettait Paula Abdul dans le juke-box. Et j'ai vu des Indiens capables de faire tous les trucs du Club de danse MTV au son larmoyant des guitares électriques et autres merdes de ce genre avoir l'air de Blancs qui se ridiculisent dans la sciure des pow-wows.

Un soir, à la Taverne du Pow-wow, Norma m'invita à danser. Je n'avais jamais dansé avec elle. De fait, je n'avais jamais beaucoup dansé, que ce soit des danses d'Indiens ou des danses de Blancs.

« Bouge-toi un peu le cul, me dit-elle. Ici, on n'est pas à Browning dans le Montana. On est à Las Vegas. »

Je me bougeai donc mon cul à la peau brune jusqu'à ce que la salle entière croule de rire. C'était bon, même si c'était de moi qu'on riait. Norma et moi, on rit et on dansa toute la nuit. La plupart des soirées, avant l'arrivée de James Nombreux Chevaux, Norma dansait avec tout le monde, sans avoir de partenaires favoris. Elle était diplomate. Ce soir-là, pourtant, elle ne dansa qu'avec moi. Vous pouvez me croire, c'était un honneur. Après la fermeture, elle me reconduisit même chez moi, car les autres allaient finir la nuit ailleurs tandis que je voulais dormir.

« Hé, me dit-elle en chemin, tu ne danses pas très bien, mais tu as le cœur d'un danseur.

— Le cœur d'un danseur, répétai-je. Et les pieds d'un bison. »

On éclata de rire.

Elle me déposa devant chez moi, me serra un instant dans ses bras pour me souhaiter bonne nuit, puis regagna sa propre maison gouvernementale. Je me couchai et rêvai d'elle. Pas comme vous pourriez l'imaginer. Je rêvai d'elle un siècle plus tôt. Chevauchant à cru, elle galopait dans la plaine de Little Falls. Ses cheveux n'étaient pas nattés et elle me criait quelque chose en s'approchant de moi. Je ne comprenais pas ce qu'elle disait, mais c'était un rêve et j'écoute mes rêves.

« J'ai rêvé de toi l'autre soir », dis-je à Norma lorsque je la rencontrai quelques jours plus tard.

Je lui racontai mon rêve.

« Je ne sais pas ce que ça signifie, dit-elle alors. J'espère que ce n'est pas de mauvais augure.

— Peut-être que ça veut juste dire que je suis amoureux de toi.

— Sûrement pas ! s'exclama-t-elle en riant. Je t'ai vu

223

avec la petite Nadine Moses. C'est d'elle que tu as dû rêver.

— Nadine ne sait pas monter à cheval.

— Qui a parlé de chevaux ? » fit Norma.

Et on rit tous les deux un bon moment.

Norma montait à cheval comme si elle avait vécu cent ans plus tôt. C'était une reine du rodéo, mais pas de celles qui jettent de la poudre aux yeux. C'était une spécialiste du lasso, une dompteuse de mustangs sauvages. Elle luttait avec les bouvillons qu'elle renversait pour leur lier les pattes comme en dansant. Elle n'était peut-être pas tout à fait aussi rapide que certains cow-boys indiens, mais en définitive, je crois surtout qu'elle s'amusait. Elle traînait avec les cow-boys et ils lui chantaient des chansons, des chansons du temps des chercheurs d'or qui se répercutaient dans la nuit au-delà du dernier feu de camp.

> *Norma, je veux t'épouser*
> *Norma, je veux que tu sois mienne*
> *Et nous irons danser, danser, danser*
> *jusqu'à ce que le soleil commence à briller*
> *Way yah hi yo, Way yah hi yo !*

Parfois, elle ramenait un Indien cow-boy ou un cow-boy indien dans son tipi. C'est bien. Il y a des gens qui voudraient vous faire croire que c'est mal, mais il s'agit simplement de deux personnes qui partagent un peu de médecine du corps. Ce n'était pas comme si elle draguait tout le temps les hommes. La plupart des soirs, elle rentrait seule et elle chantait pour s'endormir.

On disait aussi qu'il lui arrivait de ramener une femme. Des années auparavant, les homosexuels jouissaient d'un statut particulier au sein de la tribu. Ils possédaient une puissante médecine. Je pense que c'est encore plus vrai aujourd'hui, bien que notre tribu ne soit pas insensible au courant homophobe. Ce que je veux dire, c'est que pour affirmer son identité sans tenir compte de toutes les conneries, il faut bien posséder de la magie, vous ne trouvez pas ?

Quoi qu'il en soit, ou kwakilensoy comme on dit dans le coin, Norma conservait son statut au sein de la tribu en dépit des rumeurs, des histoires, des mensonges et des racontars. Même après qu'elle avait épousé James Nombreux Chevaux qui débitait tellement de plaisanteries qu'il finissait par lasser les autres Indiens.

Ce qu'il y a de drôle, c'est que j'avais toujours pensé que Norma épouserait Victor, parce qu'elle excellait à sauver les gens et que Victor avait plus que quiconque, à l'exception de Lester FallsApart, besoin d'être sauvé. Mais Victor et elle ne s'étaient jamais très bien entendus. Victor était une espèce de petite brute durant sa jeunesse, et je crois que Norma ne le lui a jamais pardonné. D'ailleurs, je doute que Victor lui-même se le soit pardonné. J'ai l'impression qu'il disait plus souvent *excusez-moi* que tout être vivant au monde.

Je me souviens du jour où Norma et moi étions assis à la Taverne du Pow-wow et où Victor est entré, plus soûl qu'on peut l'être.

« Où est le pow-wow ? brailla-t-il.

— Tu y es ! lui cria quelqu'un.

— Non, je parle pas de ce putain de bar ! Je veux dire où est le pow-wow ?

— Dans ton froc ! » hurla quelqu'un d'autre, et on éclata tous de rire.

Victor s'avança en titubant vers notre table.

« Junior, me demanda-t-il. Où est le pow-wow ?

— Y a pas de pow-wow, répondis-je.

— Bon, fit-il. Y a un type sur le parking qui ne cesse

de répéter pow-wow. Et putain ! tu sais que j'adore les bons pow-wows.

— On adore tous les bons pow-wows », affirma Norma.

Victor lui adressa un grand sourire d'ivrogne, l'un de ces sourires que seul l'alcool rend possible. Les lèvres prennent des angles bizarres, le côté gauche du visage est légèrement paralysé et la peau est luisante de sueur. Rien qui soit plus éloigné de la beauté.

« Je vais le trouver ce putain de pow-wow », reprit-il en se dirigeant vers la porte d'une démarche vacillante.

Maintenant, il est au régime sec, mais à l'époque, il buvait énormément.

« Bonne chance », lui lança Norma.

C'est l'une des choses les plus curieuses qui se perpétuent parmi la tribu. L'Indien sobre fait preuve d'une patience infinie à l'égard de l'Indien soûl, et surtout à l'égard de celui qui, en principe, a complètement arrêté de boire. Peu nombreux en effet sont ceux qui restent sobres longtemps. La plupart passent leur temps aux réunions des Alcooliques Anonymes et tout le monde finit par connaître la sempiternelle rengaine et la ressortir en toutes occasions.

« Salut, je m'appelle Junior, ai-je coutume de dire quand j'entre dans un bar ou dans un lieu où des Indiens sont réunis pour faire la fête.

— Salut, Junior », répondent-ils en chœur sur un ton ironique.

Quelques petits malins au courant de tout le cinéma des Alcooliques Anonymes se trimballent avec des petites médailles qui indiquent pendant combien de temps ils n'ont pas dessoûlé.

« Salut, je m'appelle Lester FallsApart et je n'ai pas dessoûlé pendant vingt-sept ans d'affilée. »

Norma, toutefois, n'appréciait guère cette forme

d'humour. Elle riait quand c'était drôle, mais elle ne faisait jamais de plaisanteries sur ce sujet. Elle n'ignorait rien du gros rire des Indiens, le genre de rire où leurs yeux se plissent tant qu'ils ressemblent à des Chinois. C'est peut-être de là que proviennent les rumeurs à propos du franchissement du détroit de Béring. Peut-être que nous les Indiens, on a débarqué en Chine en riant il y a vingt-cinq mille ans et qu'on y a fondé cette civilisation. En tout cas, chaque fois que je commençais à émettre l'une de mes folles théories, Norma posait un doigt sur mes lèvres et me disait avec une grande douceur et une grande patience :

« Junior, ferme ta gueule. »

Elle avait toujours eu le génie des mots. Elle écrivait des histoires pour le journal tribal. Elle y avait même tenu un temps la rubrique sportive. J'ai encore la coupure de l'article qu'elle avait rédigé sur le match de basket que j'avais gagné au lycée. De fait, je la garde dans mon portefeuille et, quand je suis assez soûl, je la sors pour la lire à voix haute comme s'il s'agissait d'un poème ou je ne sais quoi. Il est vrai que son écriture se rapprochait plus ou moins de la poésie :

LE TIR DE JUNIOR APPORTE LA VICTOIRE
AUX PEAUX-ROUGES

Alors que samedi soir il restait trois secondes à jouer à la pendule et que les Chevaux de Springdale étaient en possession du ballon, on aurait pu penser que les Peaux-Rouges de Wellpinit auraient eu besoin de faire appel à la Cavalerie U.S. pour remporter le premier match de la saison naissante de basket.

Mais Junior Polatkin se faufila sur le sentier de la guerre et vola le ballon ainsi que la partie en marquant un panier décisif de plus de cent mètres.

« Je ne pense pas qu'on puisse accuser Junior de vol, a déclaré David WalksAlong, le chef de la police tribale. Il s'agit sans aucun doute d'un cas de légitime défense. »

Sur la réserve, les bavardages vont bon train quant à l'identité réelle de Junior.

« Un instant, j'ai cru que c'était Cheval Fou », nous a déclaré un spectateur anonyme lui-même peut-être un peu fou.

L'auteur de ces lignes pense pour sa part que Junior a simplement été un peu chanceux, de sorte que son nouveau nom indien sera dorénavant Panier Chanceux. En tout cas, chanceux ou pas, Junior a mérité quelques points de plus sur l'Echelle des Guerriers.

Chaque fois que je produis cette coupure et que Norma est dans les parages, elle menace de la déchirer, mais elle ne le fait jamais. Je vois bien qu'elle en est fière. A sa place, je le serais aussi. Vous comprenez, moi je suis fier d'avoir gagné ce match. C'est le seul que nous ayons remporté cette année-là. De fait, c'est même le seul que les Peaux-Rouges de Wellpinit aient remporté en trois ans. Ce n'est pas que nous ayons eu de mauvaises équipes. On avait toujours deux ou trois des meilleurs joueurs du championnat, mais pour certains, ce qui comptait le plus c'était de se soûler après la partie et pour d'autres, c'était d'aller aux pow-wows. Il nous arrivait parfois de n'être que cinq pour disputer un match.

J'ai toujours regretté qu'on ne puisse pas prendre Norma dans l'équipe. Elle était plus grande que nous et jouait mieux que la plupart d'entre nous. Je ne me souviens pas vraiment de l'avoir vue jouer au lycée, mais on disait que si elle avait été à l'université, elle aurait certainement fait partie de l'équipe universitaire. Toujours la même histoire. Mais ceux qui affirment des choses pareilles sont ceux qui n'ont jamais quitté la réserve.

« A quoi ça ressemble ? me demanda Norma quand je revins de l'université, de la ville, de la télévision par câble et des pizzas livrées à domicile.

— A un mauvais rêve dont tu ne te réveillerais jamais », répondis-je.

Et c'est la vérité. Quelquefois, j'ai encore l'impression qu'une moitié de moi-même est perdue quelque part dans la ville, le pied coincé dans une grille de chauffage ou un truc de ce genre. Prise dans l'une de ces portes à tambour qui tournent et tournent tandis que tous les Blancs autour s'esclaffent. Plantée sur un escalator qui refuse de se mettre en route, sans que j'aie le courage de monter les marches. Coincée dans un ascenseur entre deux étages en compagnie d'une femme blanche qui veut tout le temps me caresser les cheveux.

Il y a des choses que, s'ils avaient pu, les Indiens n'auraient jamais inventées.

« Mais la ville t'a donné un fils », répliqua Norma.

C'était plus ou moins vrai. Encore que, parfois, il me semble qu'il s'agisse plutôt de la moitié d'un fils dans la mesure où la ville l'avait pendant la semaine et un week-end sur deux. La réserve, elle, ne l'avait que six jours par mois. Droits de visite. C'est comme ça que le tribunal les définissait. Droits de visite.

« Tu veux des enfants ? demandai-je à Norma.

— Ouais, bien sûr. J'en veux une douzaine. Je veux ma propre tribu.

— Tu plaisantes ?

— Plus ou moins. Je ne sais pas si j'ai envie d'élever des enfants dans ce monde. Il devient chaque seconde de plus en plus moche. Et pas seulement sur la réserve.

— Je comprends, dis-je. Tu penses à ces deux personnes qui se sont fait tuer à la gare routière de Spokane la semaine dernière ? A Spokane ! Ça va devenir New York.

— Ouais, un peu. »

Norma était le genre de personne qui vous forçait à être sincère. Elle-même l'était tellement qu'on ne pouvait pas s'empêcher de l'être. Je lui livrai bientôt tous mes secrets, même les plus honteux.

« Quelle est la pire des choses que tu aies faite ? me demanda-t-elle un jour.

— Probablement être resté à regarder, la fois où Victor a foutu une sacrée trempe à Thomas Builds-the-Fire.

— Je me rappelle. C'est moi qui suis intervenue. Mais tu n'étais qu'un gamin. Il doit bien y avoir quelque chose de pire. »

Je réfléchis un moment, mais il ne me fallut pas très longtemps pour trouver.

C'était à un match de basket pendant que j'étais à l'université. Je me trouvais avec une bande d'étudiants de mon dortoir, tous des Blancs, et on était bourrés, vraiment bourrés. Dans l'équipe visiteuse, il y avait un joueur qui venait de sortir de prison. Le type devait avoir dans les vingt-huit ans et il n'avait pas eu la vie facile. Il avait grandi dans le centre de Los Angeles et avait réussi à faire des études et à entrer à l'université. Il jouait et travaillait dur. Quand on y réfléchit, lui et moi on avait beaucoup de choses en commun. Bien plus que je n'en avais avec les Blancs en compagnie desquels je m'étais soûlé.

Quoi qu'il en soit, quand ce type est entré en jeu, je ne me souviens pas de son nom ou peut-être que je ne veux pas m'en souvenir, on s'est tous mis à scander des trucs horribles, vraiment salauds. On avait fabriqué de grandes pancartes sur le modèle des cartes au Monopoly : CHANCE : VOUS ÊTES LIBÉRÉ DE PRISON. Un type courait autour du terrain vêtu d'une tenue de prisonnier rayée blanc et noir et portant une fausse chaîne et un boulet. C'était franchement dégueulasse. Le journal local a publié un long compte rendu et l'affaire a même eu droit à quelques lignes dans le magazine *People*. On y parlait de ce joueur, de tout ce dont il avait souffert ainsi que de l'ignorance et de la haine qu'il devait encore combattre. Quand on lui a demandé ce qu'il avait éprouvé au cours du match devant nos manifestations, il a répondu : *Ça m'a fait mal.*

Mon récit terminé, Norma garda un long, très long silence.

« Si je buvais, finit-elle par dire, je crois que j'irais tout droit me soûler.

— C'est ce que j'ai fait plusieurs fois.

— Et si ça continue à t'obséder à ce point, dit Norma, pense à ce que doit éprouver ce garçon.

— J'y pense tout le temps. »

Après cela, elle ne me traita plus de la même manière pendant un an. Elle ne se montrait ni méchante ni distante avec moi, simplement différente. Je comprenais. On peut faire des choses totalement opposées à sa nature. C'est comme un petit tremblement de terre qui ébranle le corps et l'âme, et c'est peut-être le seul tremblement de terre qu'on sentira jamais, mais il crée des dommages irréparables, lézarde pour toujours les fondements de l'existence.

Je pensais donc que Norma ne me pardonnerait jamais. Elle était comme ça. C'était sans doute la personne de la réserve capable de manifester le plus de compassion, et aussi le plus de passion. Et puis un jour, au Comptoir, elle s'avança vers moi et me sourit.

« Pete Rose, dit-elle.

— Pardon ? fis-je, un peu perdu.

— Pete Rose, répéta-t-elle.

— Pardon ? répétai-je, encore plus perdu.

231

— C'est ton nouveau nom indien. Pete Rose.

— Pourquoi ?

— Parce que lui et toi, vous possédez beaucoup de choses en commun.

— C'est-à-dire ?

— Eh bien, vois-tu, Pete Rose a participé au championnat de base-ball pendant quatre décennies et il a marqué plus de points que quiconque dans toute l'histoire. Penses-y. Si tu comptes les parties disputées chez les cadets et les juniors, il a dû passer l'éternité à taper dans la balle. Noé a probablement déjà joué avec lui dans son arche. Mais malgré tout ça, la gloire et le reste, on ne se souvient de lui que pour son mauvais côté.

— Oui, l'argent et les paris, dis-je.

— Ce n'est pas juste.

— Non, pas du tout », conclus-je.

Ensuite, Norma me traita de nouveau comme avant. Elle me poussa à essayer de retrouver ce basketteur, mais je n'y parvins pas. De toute façon, qu'est-ce que j'aurais pu lui dire ? Que j'étais Pete Rose ? Aurait-il compris ?

Et puis, un jour, un jour bizarre où un avion a dû atterrir d'urgence sur la route de la réserve, où l'armoire réfrigérée du Comptoir est tombée en panne de sorte qu'on a distribué gratuitement les glaces qui, en tout état de cause, auraient été perdues, et où un ours s'est endormi sur le toit de l'église, Norma est accourue vers moi, presque hors d'haleine.

« Pete Rose, m'a-t-elle annoncé. On vient de voter de te chasser du musée des Célébrités. Je suis désolée pour toi, mais je t'aime quand même.

— Ouais, je sais, Norma. Moi aussi je t'aime. »

Témoins, secrets et autres

En 1979 j'apprenais tout juste à avoir treize ans. J'ignorais que je devrais continuer ainsi jusqu'à l'âge de vingt-cinq ans. Je me disais qu'ensuite ce fait appartiendrait au domaine de l'histoire et ne serait plus qu'une antiquité pour les archéologues du futur. Je pensais qu'il suffirait de comprendre les années quand elles se présenteraient, puis de les mettre au fur et à mesure au rebut. Seulement, ce n'est pas aussi simple. Il a fallu aussi que je comprenne ce que cela signifiait d'être un garçon, puis un homme. Et surtout, ce que cela signifiait d'être un Indien, et sur ce point, il n'existe aucun manuel pratique.

Et puis, naturellement, il m'a fallu comprendre ce que cela signifiait quand mon père, un soir, reçut un coup de téléphone sur la réserve.

« Qui est à l'appareil ? » demanda-t-il en décrochant.

C'était pour le « Témoin secret », un programme présenté par le service des personnes disparues de la police de Spokane. Je suppose que quelqu'un leur avait communiqué le nom de mon père. Il paraît qu'il savait quelque chose au sujet de la disparition de Jerry Vincent survenue environ dix ans plus tôt.

Le lendemain, par conséquent, on dut se rendre à

Spokane et, tout au long du chemin, je l'interrogeai comme si j'étais moi-même la police.

« Qu'est-ce qui est arrivé à Jerry Vincent ?

— Il a simplement disparu. Personne n'en sait davantage.

— Alors, si personne ne sait, pourquoi la police t'a convoqué ?

— J'étais dans le bar le soir où Jerry a disparu. On faisait un peu la fête ensemble. Ça doit être pour ça.

— Vous étiez amis ?

— Je suppose. Ouais, on était amis. Dans l'ensemble, ouais. »

On continua à rouler. Je posais des questions, à quoi ressemblait Jerry, comment il parlait, pourquoi ses vêtements étaient tout le temps froissés, et mon père me répondait toutes sortes de choses. Il me parlait de la femme de Jerry, de ses enfants, de ce qu'était une personne disparue.

« Il n'était pas le premier à disparaître comme ça. Oh, non !

— Qui d'autre encore ? demandai-je.

— À peu près tout le monde à un moment ou à un autre. Les programmes de réaménagement ont chassé les Indiens des réserves vers les villes, et des fois ils y ont été comme engloutis. Ça m'est arrivé. Je n'ai vu personne et parlé à personne de chez moi pendant deux ans.

— Même pas à maman ?

— Je ne la connaissais pas à l'époque. Quoi qu'il en soit, un jour je suis rentré en stop sur la réserve et tout le monde m'a dit qu'on me croyait mort, qu'on me croyait disparu. Voilà comment ça se passe.

— C'est ce qui est arrivé à Jerry ?

— Non, non. Mais je pense que tout le monde voulait le croire, parce que dans la réalité c'est comme ça.

— Qu'est-ce que tu veux dire ? »

Mon père posa les deux mains sur le volant. Heureusement. Juste à ce moment-là, en effet, la voiture partit en tête-à-queue sur la route verglacée dans le coin le plus dangereux de Reardan Canyon. Comment se fait-il que les accidents de voiture paraissent toujours se dérouler au ralenti ? Et plus on vieillit, plus le phénomène s'accentue. J'en ai eu un presque tous les ans. Peu de temps après ma naissance, ma mère a grillé un feu rouge et s'est fait rentrer dedans par le travers. J'ai été éjecté de la voiture et j'ai atterri dans une poubelle. Depuis ce jour-là, ma vie a été ponctuée d'accidents, tous plus terribles les uns que les autres et dont je me suis sorti par miracle. Et tous au ralenti.

En tout cas, nous étions là, mon père et moi, dans un silence de mort, pendant que la voiture se livrait à des figures de danse Fantaisie sur la glace. A treize ans, personne ne s'imagine qu'il peut mourir et je n'étais donc pas inquiet. Mon père, par contre, avait quarante et un ans, et je pensais que c'était à peu près l'âge auquel on commence à songer à la mort. Ou du moins à l'accepter comme quelque chose d'inévitable.

Mon père garda les mains sur le volant et les yeux fixés droit devant lui, indifférent au monde extérieur qui tournoyait. Il aurait pu tout aussi bien être en train de regarder la télévision ou un match de basket. Il ne s'autorisait à penser à rien d'autre qu'à la seconde présente.

On échappa à l'accident. La voiture acheva son tête-à-queue, et on repartit sur la route comme si rien ne s'était passé. On n'en reparla pas, ni sur le moment, ni plus tard. Cela a-t-il seulement existé ? C'est comme cette histoire stupide de l'arbre qui tombe dans la forêt. Je me pose toujours la question de savoir si un accident auquel on réchappe est ou non un accident, et si se trouver à côté d'une catastrophe c'est y être impliqué ou bien n'être qu'un spectateur.

On continua à rouler. Et à bavarder.

« Qu'est-ce qui est arrivé à Jerry Vincent ? demandai-je.

— Il a reçu une balle dans la tête dans la ruelle derrière le bar et on l'a enterré à Manito Park.

— C'est vrai ? La police est au courant ?

— Ouais. Je leur ai dit plusieurs fois. Ils me convoquent à peu près tous les ans, tu sais ? Et je leur raconte toujours la même histoire. Oui, j'étais avec Jerry ce soir-là. Oui, il était vivant quand je l'ai vu pour la dernière fois. Oui, je sais qu'il a reçu une balle dans la tête dans la ruelle derrière le bar et qu'on l'a enterré quelque part à Manito Park. Non, je ne sais pas qui l'a tué. Je connais simplement l'histoire parce que tous les Indiens la connaissent. Non, je ne sais pas exactement où le corps est enterré. Non, ce n'est pas moi qui l'ai tué et qui l'ai enterré. J'ai juste bu quelques bières avec lui ce soir-là. Comme je le faisais depuis des années. C'est tout.

— Tu connais toute l'histoire par cœur, c'est ça ?

— Oui, c'est comme ça que les choses fonctionnent. »

On continua ainsi, à rouler, à poser des questions, à recevoir des réponses. Il neigeait un peu. Les routes étaient verglacées et dangereuses.

Pour aller de la réserve à Spokane, il faut à peu près une heure. On traverse des champs, on longe la base aérienne de Fairchild, puis on plonge dans la vallée. En raison de sa situation géographique, Spokane est soumise à beaucoup d'inversions thermiques, d'où le couvercle de pollution qui pèse en permanence sur la ville et l'emprisonne. Les gens respirent tous les mêmes atomes d'oxygène qu'ils se repassent de poumons en poumons. C'est assez épouvantable, pire encore qu'à Los

Angeles, j'ai l'impression. Ce jour-là, quand on entra dans Spokane, l'air ne semblait pas marron, il l'était. Comme de la poussière. Comme dans une mine.

« J'ai de la boue dans la bouche, dis-je.

— Moi aussi, dit mon père.

— Si on m'enterrait vivant, j'aurais aussi ce goût-là dans la bouche, pas vrai ?

— Je ne sais pas. C'est une idée assez morbide, pas vrai ?

— Oui, plutôt. C'est comment quand on meurt ?

— Je ne sais pas. Ça ne m'est pas encore arrivé.

— Ça doit être un peu comme disparaître, dis-je. Et tu as déjà disparu une fois.

— Peut-être. Mais disparaître, c'est pas toujours dramatique. Je connaissais un type qui voyageait dans les îles quelque part dans le Pacifique et qui est resté coincé là-bas pendant deux ans à cause de problèmes de marées. Il n'y avait pas de téléphone, pas de radio, aucun moyen de communiquer. Chez lui, tout le monde le croyait mort. Le journal local a même publié une notice nécrologique. Et puis un jour, il a réussi à quitter son île, à prendre un avion et il a ouvert la porte de chez lui comme s'il était parti la veille.

— C'est vrai ?

— Oui, oui. Et il a dit que c'était comme un recommencement. Les gens étaient si contents de le revoir qu'ils en oubliaient les mauvaises actions qu'il avait commises dans le passé. Il a dit qu'il avait l'impression d'être un nouveau-né à qui tout le monde faisait des guili-guili. »

Les rues de la ville nous étaient familières. Il y avait des Indiens écroulés ivres morts dans les encoignures de portes, d'autres qui titubaient sur le trottoir. La plupart, on les connaissait de vue, et une bonne moitié, on les connaissait de nom.

237

« Hé ! dit mon père tandis qu'on passait devant un vieil Indien. C'était Jimmy Chie-dans-son-froc.

— Je l'ai pas croisé sur la réserve depuis un bout de temps, dis-je.

— C'est-à-dire ?

— Un bout de temps. »

On fit demi-tour pour aller voir Jimmy. Il n'était qu'à deux ou trois gorgées d'être complètement soûl. Il portait un petit manteau rouge pas assez chaud pour affronter l'hiver à Spokane, mais de bonnes bottes, sans doute en provenance de l'Armée du salut.

« Ya-hé, Jimmy, le salua mon père. Belles bottes.

— Ouais, pas mal, fit Jimmy.

— Quoi de neuf ? lui demanda mon père.

— Pas grand-chose.

— De bonnes bitures ?

— Ouais, pas mal.

— Eh, Jimmy, intervins-je. Pourquoi vous n'êtes pas revenu sur la réserve ?

— Je sais pas. T'as pas cinq dollars à me prêter ? »

Je trouvai un dollar dans mes poches. C'était tout ce que j'avais, mais je le lui donnai. Pour moi, c'était un magazine de BD et un Pepsi Light en moins, mais ce n'était rien comparé à ce que cela représentait pour Jimmy. Mon père aussi lui donna quelques dollars, juste de quoi se payer une bouteille.

On repartit, laissant Jimmy décider. C'est comme ça. Un Indien ne dit pas à un autre ce qu'il doit faire. On observe, puis on fait nos commentaires. C'est la réaction opposée à l'action.

« Quand est-ce que t'es censé être au poste de police ? demandai-je à mon père.

— Dans une heure environ.

— Tu veux manger quelque chose ?

— Ouais.

— Un hamburger chez Dick, ça te dirait ?

— Ce serait pas mal, pas vrai ?

— Ouais, pas mal. »

On prit donc le chemin de chez Dick, le petit fast-food crasseux aux hamburgers bien gras et extra bon marché. On commanda comme d'habitude : un Super Dégueu, des grosses frites et un grand Pepsi Light. On prend des Light parce que mon père et moi, on est tous les deux diabétiques. L'hérédité, vous voyez.

Des fois, on a vraiment l'impression d'être définis par ce qu'on mange. Mon père et moi, on serait hachis de restes de viande, corned-beef, pain frit et chili sans carne. On serait chips, hot-dogs et saucisses grillées. On serait café avec le marc qui se loge entre les dents.

Il n'y avait pas toujours à manger à la maison. J'appelais mon père Estomac et il m'appelait Vide. Vous connaissez, n'est-ce pas ?

On était donc attablés devant nos cochonneries et on racontait d'autres histoires.

« Hé, demandai-je à mon père. Si tu savais qui a tué Jerry Vincent, tu le dirais à la police ?

— Je crois pas.

— Pourquoi ?

— Parce que je pense qu'ils s'en foutent plus ou moins. Ça ne ferait que créer des ennuis supplémentaires aux Indiens.

— Et toi, t'as déjà tué quelqu'un ? »

Mon père but une grande gorgée de son Pepsi Light, mangea quelques frites, croqua dans son hamburger. Dans cet ordre-là. Puis il prit une nouvelle gorgée de Pepsi Light, plus grande encore que la première.

« Pourquoi tu me poses la question ? demanda-t-il enfin.

— Je sais pas. Simple curiosité.

— Eh bien, je n'ai jamais tué quelqu'un délibérément.

— Tu veux dire que tu as tué quelqu'un accidentellement ?

— Oui, ça c'est passé comme ça.

— Comment ?

— J'ai heurté de plein fouet une autre voiture. Le conducteur a été tué. C'était un Blanc.

— On t'a mis en prison ?

— Non. J'ai eu de la chance. Il avait de l'alcool dans le sang.

— Tu veux dire qu'il était ivre ? m'étonnai-je.

— Ouais. Et alors que c'était plutôt de ma faute, c'est lui qui a été jugé responsable. J'étais à jeun et les flics arrivaient pas à le croire. On n'avait jamais vu un Indien à jeun avoir un accident de voiture.

— Comme dans l'émission "Incroyable mais vrai" ?

— Ouais, quelque chose comme ça. »

Notre repas terminé, on se rendit au poste de police. Spokane est une petite ville et il n'y a rien d'autre à en dire. On ne mit que quelques minutes pour arriver, et pourtant mon père conduisait lentement, cela pour la bonne raison qu'il en avait assez des accidents. On se gara dans le parking ainsi qu'on était censés le faire.

« Tu as peur ? demandai-je à mon père.

— Un peu.

— Tu veux que je vienne avec toi ?

— Non. Attends-moi dans la voiture. »

Je le suivis des yeux tandis qu'il se dirigeait vers l'entrée du poste de police. Vêtu d'un vieux jean et d'un T-shirt rouge, il tranchait au milieu des uniformes de police et des costumes trois-pièces. On ne pouvait pas avoir l'air plus indien que lui. Je pourrais passer ma vie entière sur la réserve sans jamais penser en voyant un de mes amis qu'il a l'air indien, mais dès que je mets le pied hors de la réserve et que je me retrouve au milieu des Blancs, j'ai l'impression que tous les Indiens paraissent plus indiens que nature. Les nattes de mon père, noires et luisantes comme un revolver de police, me semblaient longues de plusieurs kilomètres. Juste avant de disparaître par la porte, il se tourna et agita la main dans ma direction.

Je l'imaginai ensuite qui s'avançait vers la réceptionniste et disait :

« Excusez-moi, j'ai rendez-vous avec l'inspecteur Moore.

— L'inspecteur Moore est sorti, répondait-elle.

— Alors, est-ce que l'inspecteur Clayton est là ?

— Je vais vérifier. »

J'imaginai que la réceptionniste accompagnait mon père jusqu'au bureau de l'inspecteur, le faisait asseoir et lui adressait ce regard réservé aux criminels et aux livreurs de pizzas. Vous savez très bien de quoi je parle.

« L'inspecteur Clayton va s'occuper de vous dans un instant. »

J'imaginai que mon père patientait une demi-heure. Je sais en tout cas que je suis resté tout ce temps-là dans la voiture avant de me décider à descendre et à entrer à mon tour. J'errai dans les couloirs jusqu'à ce que je tombe sur mon père, assis seul dans un coin.

« Je t'avais dit d'attendre dans la voiture, me dit-il.

— Il faisait trop froid. »

Il hocha la tête. Il comprenait. Comme toujours, ou presque.

« Pourquoi ça prend si longtemps ? demandai-je.

— Je sais pas. »

A cet instant, un Blanc en costume se dirigea vers nous.

« Bonjour, se présenta-t-il. Je suis l'inspecteur Clayton. »

Il tendit poliment la main à mon père et ils échangèrent une rapide poignée de main. Sur ce, l'inspecteur s'assit derrière son bureau, feuilleta quelques papiers, puis nous dévisagea. Il me regardait comme si je connaissais les réponses, en quoi, bien entendu, il se trompait. N'empêche qu'il m'examina des pieds à la tête, à toutes fins utiles. Peut-être qu'il regardait tout le monde comme ça, avec des yeux d'inspecteur. Je ne voudrais pas être son fils. Tout comme je ne voudrais pas être le fils d'un entrepreneur de pompes funèbres ou d'un astronaute. Les yeux d'un entrepreneur de pompes funèbres vous étudient tout le temps comme pour prendre les mesures de votre cercueil et ceux d'un astronaute sont tout le temps levés vers le ciel. Mon père, lui, était surtout chômeur. Ses yeux étaient pleins d'histoires.

L'inspecteur se pencha de nouveau sur ses papiers, puis il s'éclaircit la gorge.

« Je pense que vous savez pourquoi vous êtes là, dit-il à mon père.

— C'est pour Jerry Vincent.

— Oui, en effet. Je constate que vous avez déjà été interrogé à ce sujet.

— Tous les ans, dit mon père.

— Vous avez quelque chose à ajouter ?

— Je vous ai dit tout ce que je savais sur cette affaire.

— Et rien n'a changé ? Vos souvenirs sont restés les mêmes ? Aucun détail supplémentaire ne vous est revenu à l'esprit ?

— Non, rien. »

L'inspecteur écrivit pendant quelques instants. Il tirait un bout de langue. Comme un gosse. Comme moi quand j'avais six, sept et huit ans. J'étouffai un rire.

« Qu'est-ce qu'il y a de drôle ? » me demandèrent en

242

chœur mon père et l'inspecteur qui souriaient tous les deux.

Je me contentai de rire de plus belle et ils m'imitèrent. On riait pour rien, ou presque. Peut-être étions-nous en proie à la nervosité ou à l'ennui. Ou encore aux deux. L'inspecteur ouvrit le tiroir de son bureau et prit un bonbon qu'il m'offrit.

« Tiens », dit-il.

J'examinai un moment le bonbon, puis le donnai à mon père, lequel l'examina à son tour avant de le rendre à l'inspecteur.

« Excusez-moi, inspecteur Clayton, mais mon fils et moi sommes diabétiques.

— Oh, je suis désolé », fit le policier en nous adressant un regard empreint de compassion.

Surtout à moi. Diabète infantile. Une vie difficile. J'ai appris à me servir d'une seringue hypodermique avant même de savoir faire du vélo. J'ai perdu plus de sang en analyses qu'à la suite des accidents habituels de l'enfance.

« Vous n'avez pas à être désolé, dit mon père. Nous vivons avec sans problème. »

L'inspecteur nous considéra comme s'il n'arrivait pas à le croire. Tout ce qu'il connaissait, c'étaient les criminels et la façon dont ils fonctionnaient. Il devait penser que le diabète procédait comme eux, qu'il entrait par effraction. Il se trompait. Le diabète est pareil à une maîtresse, il vous fait mal de l'intérieur. J'étais plus proche de mon diabète que de n'importe lequel de mes amis ou des membres de ma famille. Même lorsque j'étais seul, tranquille, occupé à réfléchir, et que je ne désirais aucune compagnie, mon diabète était là. C'est la vérité.

« Bon, fit l'inspecteur. Je pense que ce sera tout. Si

quelque chose vous revient, n'oubliez pas de me contacter.

— D'accord », dit mon père.

On se leva et les deux hommes se serrèrent de nouveau la main.

« Jerry Vincent était votre ami ? demanda le policier.

— Il l'est toujours », répondit mon père.

On sortit du poste de police. On se sentait coupables. Je n'arrêtais pas de me demander s'il savait qu'à dix ans j'avais fauché un jeu de cartes chez Sears, ou que j'avais filé une trempe à un petit môme rien que pour m'amuser ou encore que j'avais volé le vélo de mon cousin et que je l'avais esquinté exprès, jusqu'à le rendre inutilisable.

Mon père et moi, on reprit la voiture.

« Prêt à rentrer à la maison ?

— Et comment ! » dis-je.

On n'avait plus grand-chose à se raconter pendant le trajet de retour. Vous comprenez, Jerry Vincent avait disparu. Quelles autres questions aurais-je pu poser ? A quel moment commence-t-on à recréer les gens qui ont disparu de notre vie ? Peut-être que Jerry Vincent était un salaud d'ivrogne. Peut-être qu'il puait des pieds et qu'il était mal coiffé. Personne ne parle de ces choses-là. Jerry Vincent, c'était presque un héros maintenant, un homme qui avait probablement reçu une balle dans la tête et qui était peut-être enterré quelque part dans Manito Park. Des fois, on a l'impression que les Indiens ne savent rien faire d'autre que parler des disparus.

Un jour, mon père a piqué une véritable crise parce qu'il avait perdu ses clés de voiture. Allez donc expliquer ça à un sociologue.

Quand on est arrivés à la maison, il faisait nuit. Maman nous avait préparé du pain frit et du chili. Mes frères et mes sœurs étaient tous là, plantés devant la télévision ou en train de jouer aux cartes. Vous pouvez me croire. Tout le monde était là, absolument tout le monde. Mon père s'est attablé et a presque pleuré dans son assiette. Et puis, il a pleuré pour de bon et on est tous restés là à le regarder.

La composition de cet ouvrage
a été réalisée par
Nord Compo
l'impression a été effectuée
sur presse Cameron dans les ateliers de
Bussière Camedan Imprimeries
à Saint-Amand-Montrond (Cher).

Achevé d'imprimer en février 1999.
N° d'édition : 17998. N° d'impression : 990672/4.
Dépôt légal : mars 1999.